AF185932

Tucholsky Wagner Zola Scott Sydow Freud Schlegel
Turgenev Wallace Fonatne
Twain Walther von der Vogelweide Fouqué Friedrich II. von Preußen
Weber Freiligrath
Fechner Kant Ernst Frey
Fichte Weiße Rose von Fallersleben Richthofen Frommel
Hölderlin
Engels Fielding Eichendorff Tacitus Dumas
Fehrs Faber Flaubert
Eliasberg Ebner Eschenbach
Feuerbach Maximilian I. von Habsburg Fock Eliot Zweig
Ewald Vergil
Goethe Elisabeth von Österreich London
Mendelssohn Balzac Shakespeare Dostojewski Ganghofer
Lichtenberg Rathenau
Trackl Stevenson Doyle Gjellerup
Mommsen Tolstoi Hambruch
Thoma Lenz Hanrieder Droste-Hülshoff
Dach von Arnim Hägele
Verne Hauff Humboldt
Reuter
Karrillon Garschin Rousseau Hagen Hauptmann Gautier
Damaschke Defoe Hebbel Baudelaire
Descartes
Hegel Kussmaul Herder
Wolfram von Eschenbach Dickens Schopenhauer Rilke George
Bronner Darwin Melville Grimm Jerome
Campe Horváth Aristoteles Bebel Proust
Bismarck Vigny Barlach Voltaire Federer Herodot
Gengenbach Heine
Storm Casanova Tersteegen Grillparzer Georgy
Chamberlain Lessing Langbein Gilm
Brentano Lafontaine Gryphius
Strachwitz Claudius Schiller Kralik Ifflaud Sokrates
Katharina II. von Rußland Bellamy Schilling
Gerstäcker Raabe Gibbon Tschechow
Löns Hesse Hoffmann Gogol Wilde Vulpius
Luther Heym Hofmannsthal Gleim
Klee Hölty Morgenstern
Roth Heyse Klopstock Goedicke
Luxemburg Puschkin Homer Kleist
La Roche Horaz Mörike Musil
Machiavelli Kierkegaard Kraft Kraus
Navarra Aurel Musset
Nestroy Marie de France Lamprecht Kind Kirchhoff Hugo Moltke
Laotse Ipsen Liebknecht
Nietzsche Nansen Ringelnatz
Marx Lassalle Gorki Klett
von Ossietzky May Leibniz
vom Stein Lawrence Irving
Petalozzi
Platon Knigge
Sachs Pückler Michelangelo Kafka
Poe Liebermann Kock
de Sade Praetorius Mistral Zetkin Korolenko

Der Verlag tredition aus Hamburg veröffentlicht in der Reihe **TREDITION CLASSICS** Werke aus mehr als zwei Jahrtausenden. Diese waren zu einem Großteil vergriffen oder nur noch antiquarisch erhältlich.

Symbolfigur für **TREDITION CLASSICS** ist Johannes Gutenberg (1400 — 1468), der Erfinder des Buchdrucks mit Metalllettern und der Druckerpresse.

Mit der Buchreihe **TREDITION CLASSICS** verfolgt tredition das Ziel, tausende Klassiker der Weltliteratur verschiedener Sprachen wieder als gedruckte Bücher aufzulegen – und das weltweit!

Die Buchreihe dient zur Bewahrung der Literatur und Förderung der Kultur. Sie trägt so dazu bei, dass viele tausend Werke nicht in Vergessenheit geraten.

Sträflinge

Berthold Auerbach

Impressum

Autor: Berthold Auerbach
Umschlagkonzept: toepferschumann, Berlin

Verlag: tradition GmbH, Hamburg
ISBN: 978-3-8424-0303-1
Printed in Germany

Ziel der TREDITION CLASSICS ist es, tausende deutsch- und
fremdsprachige Klassiker wieder in Buchform verfügbar zu
machen. Die Werke wurden eingescannt und digitalisiert. Dadurch
können etwaige Fehler nicht komplett ausgeschlossen werden.
Unsere Kooperationspartner und wir von tradition versuchen, die
Werke bestmöglich zu bearbeiten. Sollten Sie trotzdem einen Fehler
finden, bitten wir diesen zu entschuldigen. Die Rechtschreibung der
Originalausgabe wurde unverändert übernommen. Daher können
sich hinsichtlich der Schreibweise Widersprüche zu der heutigen
Rechtschreibung ergeben.

Ein Sonntagmorgen

Wir sind im Dorfe. Alles ist still auf der Straße, die Häuser sind verschlossen, da und dort ist ein Fenster offen, es schaut aber niemand heraus. Die Schwalben fliegen nah am Boden und haben niemand auszuweichen. Auf dem Brunnentroge am Rathause sitzen andere Schwalben, trinken und schauen sich klug an und zwitschern miteinander und halten Rat, als ob das Dorf nur ihnen allein gehöre. Vornehme Bachstelzen trippeln herzu und schwänzeln davon und schweigen still, als wollten sie damit kundgeben, sie wüßten schon alles und noch viel besser. Nur eine Schar Hühner hat sich um die Schwalben versammelt und lauscht begierig ihren Reden. Sie hören wohl von freiem Wiegen in den Lüften, von Ziehen übers Meer und nach fernen Landen; denn sie heben und dehnen oft ihre Flügel und lassen sie wieder sinken und schauen trauernd auf, gleich als wüßten sie nun wieder aufs neue, daß sie stets am Boden haften und fremden Schutz bei Menschen suchen müssen. Besonders eine kohlschwarze Henne mit rotem Kamme hebt und senkt ihre Flügel oft und oft. Eine Gluckhenne wandelt das Dorf hinauf, sich stolz prustend im Kreise ihrer Söhne und Töchter, die sie durch stete Ermahnungen um sich versammelt hält und mit ihrem Funde ätzt. Sie will nichts von freiem Wiegen in den Lüften, von der Sehnsucht nach der Ferne.

Eine wundersame Stille liegt auf dem ganzen Dorfe.

Die Menschen haben die getrennten Wohnungen verlassen und sich in dem einen Hause dessen eingefunden, der sie allesamt eint. Die zerstreut schweifenden Blicke, die nur das Eigene suchen, heben sich jetzt vereint zu dem Unsichtbaren, der alles sieht und dem alles eigen ist.

Da steht die Kirche auf dem Berge, der einst befestigt war und um dessen Mauern jetzt blühende Reben ranken. Die Kirche war einst die Burg für alle Not des Lebens. Kann und wird die frei stehende, äußerlich unbefestigte Kirche der freie Hort alles neuen Menschendaseins werden?

Eben verhallt der letzte Ton der Orgel, treten wir ein in die Kirche. Der Geistliche besteigt die Kanzel. Husten und Zurechtsetzen in der ganzen Gemeinde, denn niemand will den Verkünder des höheren Geistes im Flusse seiner Rede stören.

Der Geistliche ist kein alter Mann, er steht in den besten Jahren. Nicht bloß um graue Locken schwebt die Glorie der innern Befreiung von Eigensucht; die Milde mögt ihr da wohl öfter finden, aber oft nicht mehr jenen lebendigen Feuereifer für die Menschheit. Der Glaube an den Himmel hat oft den Glauben an die Erde verdrängt.

Nachdem der Geistliche still, in sich zusammengeschauert, verhüllten Antlitzes das leise Gebet gesprochen, erhob er freudig sein Haupt und sprach den Text: »Die Gesunden bedürfen des Arztes nicht, sondern die Kranken.« Lukas 5,31.

Er zeigte zuerst, wie die geistige Gesundheit das wahre Leben, wie sie eins ist mit Tugend und Rechtschaffenheit; Sünde und Krankheit dagegen das Leben verunstaltet. Gleichwie in der Krankheit die natürlichen Kräfte des Menschen einen falschen Weg genommen, so auch in der Sünde. Denn Sünde ist Verirrung. Mit besonderem Nachdruck hob er dieses letztere wiederholt hervor und ermahnte zur milden Betrachtung des Sünders, zur Pflege für seine Heilung. Er zeigte, wie leicht die Sünde einen Schlupfwinkel findet im verschlungenen Geäder des menschlichen Herzens, um bald als Leidenschaft, bald als listige Betörung alles aus dem Wege des Rechten zu verdrängen. Denn es ist kein Mensch, der nur Gutes täte und nicht sündigte. Er zeigte, wie erquickend es ist, uns das tröstliche Bild des reinen Menschen ohne alle Sünd und Fehle zu vergegenwärtigen, der uns vorschwebt, um alle Schuld zu tilgen, indem er uns anleitet, ihm nachzufolgen. Er zeigte, wie darum jeder, der in irgendeiner Weise sich von Sünde rein fühle, in dieser teilweisen Reinheit die Verpflichtung habe, der Erlöser des andern, des in Sünde Versunkenen zu werden. Er muß dessen Fehl auf sich nehmen und zu sühnen trachten.

»Ihr alle«, sprach er dann, »ihr alle, die ihr in Freiheit wandelt, die ihr an euerm Tische sitzt und ungehindert hinausschreitet unter Gottes freien Himmel – gedenket einen Augenblick des armen Eingekerkerten, auf dessen Antlitz seit Jahren kein Blick der Liebe geruht. Da sitzt er und sein Auge starrt hin nach den steinernen Mauern, seine Worte prallen ungehört zurück. Und wenn er hinausgeführt wird unter seine Genossen, welch eine traurige Gesellschaft!

Die große menschliche Gesellschaft hat ihn einsam seiner Not, seiner Verzweiflung, seinem Irrtum überlassen; keine hülfreiche Hand bot sich ihm dar, kein liebreiches Wort beschwichtigte seine Seele. Er stand vielleicht allein, allein mit seinem verworrenen Herzen. Erst als er der offenkundigen Sünde verfiel, erst da merkte er's, daß er nicht allein sei; die menschliche Gesellschaft faßte ihn mit gewaltigen Armen und hielt ihn zur Sühne fest.

Und wenn er nun wieder zurückkehrt unter die freien Menschen, was ist sein Los? Die früher keinen Blick auf ihn richteten, sehen jetzt mit Verachtung, mit Mißtrauen oder untätigem Mitleid auf ihn herab und verfolgen ihn auf Schritt und Tritt. Was soll aus ihm werden?

Du, der du hier in Freiheit sitzest, frage dich, wie oft du nahe daran warst, ein Verbrecher zu werden, wie nur die höhere Macht, die in dich gepflanzt ist und über dich herrscht, dir die Werkzeuge des Verderbens entzog und aus der Hand nahm. Darum hab Mitleid mit dem Sünder, leide mit ihm, opfere dich für ihn, und es wird dir vergeben.«

Dies und noch vieles andere sprach der Pfarrer mit tiefer Erschütterung. Er wagte einen gefährlichen, aber zur lebendigen Eindringlichkeit doch oft notwendigen Versuch und stellte sich selbst mitten in die Betrachtung, indem er erzählte:

»Ich wurde als armer Schüler eines Mittags im Hause eines Reichen gespeist. Sonst litt ich die bitterste Not. Da stand ich nun allein im Speisezimmer und wartete bis zur Essenszeit. Um mich her glitzerte und schimmerte das Silbergerät, es flimmerte mir vor den Augen, wie wenn ich berauscht wäre. Plötzlich blitzt mir der Gedanke durch die Seele: Nur einige solcher Stücke können deiner Not auf lange abhelfen und – niemand sieht dich. Ein unwiderstehlicher Reiz zog mich zum Korbe hin, wo das Silber aufgeschichtet lag; ich griff hinein, wie wenn jemand meine Hand hineinstieße. Da war mir's aber plötzlich, als könnte ich meine Hand nicht bewegen, ich konnte nicht lassen und nicht nehmen. Der Angstschweiß rann mir von der Stirn, und ich schrie laut: ›Hülfe! Hülfe!‹ Ich wollte Menschen herbeirufen, um durch sie von der Sünde abgezogen zu werden. Ein alter Diener eilte herzu, und ich erzählte ihm weinend alles. Er tröstete mich in meiner unbeschreiblichen Pein und hat in der Folge selbst und durch andere dafür gesorgt, daß ich keine Not mehr litt.«

Die Bemerkungen, die der Pfarrer hieran knüpfte, und die Aufforderung, daß jeder in gleicher Weise die Versuchungen seines Lebens sich vergegenwärtige, gingen unmittelbar ans Herz. Bei der längern Pause, die er jetzt machte, sah er manche gefaltete Hände zittern, manchen hinter dem vorgehaltenen Hute sein Antlitz bergen, manche Hand eine Träne aus den Augen wischen, die dann wieder leichter aufschauten. Keiner aber blickte auf den andern, jeder hatte genug mit sich zu tun.

Nach dem Schlußgebet erzählte der Pfarrer in schlichtem Tone: »Es hat sich in der Hauptstadt ein Verein von wohldenkenden Männern gebildet, der sich die Aufgabe stellt, für das Fortkommen und die Besserung derer zu sorgen, die aus den Straf- und Arbeitshäusern entlassen werden. Das ist ein heiliges und gottgefälliges Werk. Wer beitreten und mitwirken will, kann nach der Mittagskirche zu mir kommen und das Nähere erfahren. Besonders aber möchte ich euch bitten, daß einer oder der andere von Euch solch einen Entlassenen als Knecht oder Magd zu sich ins Haus nehme. Ich brauche euch nicht zu ermahnen, daß ihr die Gefallenen nicht gar zu zärtlich und weichherzig behandeln sollt. Wir kennen einander. Ich fürchte nicht, daß ihr allzu große Sanftmut habt.«

Ein Lächeln zuckte auf den Angesichtern der Versammelten, das aber die Andacht nicht niederdrückte, sondern eher hob. Der Pfarrer fuhr nach kurzem Innehalten fort:

»Ihr müßt euch aber genau prüfen, ob ihr die Kraft in euch fühlt, diese Gefallenen liebevoll zu behandeln; denn ein Unglücklicher bedarf doppelter Liebe, und zwiefach gesegnet ist, der sie zu geben vermag. Der Herr erleuchte und erhebe euern Sinn und begnadige uns alle, daß wir uns nicht in Sünde verirren. Amen.«

Als die Kirche zu Ende war, drängte sich alles mit ungewohnter Hast heraus. Viele reckten und streckten sich, als sie die Türe hinter sich hatten; die Predigt hatte sie so gepackt, daß sie sich in allen Gliedern wie zerschlagen fühlten; es war ihnen schwül geworden, und sie holten jetzt wieder frei Atem.

Allerlei Gruppen bildeten sich. Da und dort sprach man alsbald von verschiedenen Dingen, die meisten von der Predigt und dem rechtschaffenen Pfarrer. Der Webermichel aber behauptete, er predige nicht genug aus Gottes Wort, und der Bäck, der, wenn seine Frau nicht dabei war, auch gern etwas drein redete, bemerkte gar pfiffig, er habe bald gemerkt, zu welchem Loch der Pfarrer hinaus wolle. Ein mutwilliger Bursche raubte einem Mädchen den Strauß von Gelbveigelein und Rosmarin vom Busen, schrie dabei: »Hülfe! Hülfe!« und rannte mit der Beute davon.

Sonst aber hallten in den meisten Gemütern noch die vernommenen Worte nach.

Konrad, der Adlerwirt, ging still dahin und redete kein Wort; er hielt auf dem ganzen Wege den Hut in der Hand, als wäre er noch in der Kirche. Bärbele war ihrem Manne vorausgeeilt, um den Mittagstisch herzurichten. An einem andern Sonntage wäre es nicht ohne Hallo abgegangen, wenn wie heute das Essen nicht gleich nach der Kirche fertig gewesen. Jetzt aber legte Bärbele, ohne ein Wort zu sagen, Gesangbuch und Rosenkranz auf den Fenstersims (denn man braucht beides heute mittag nochmals) zieht seinen Mutzen (Jacke) aus und hilft der Magd ohne ein »Schelterle« das Essen fertig machen.

Man saß endlich wohlgemut bei Tische, und es schmeckte allen wohl, denn wenn ein reiner Gedanke durch die Seele gezogen, ist es, als ob der ganze Mensch wie mit frischem Leben durchströmt wäre; jede Speise, die er zum Munde führt, ist wie gesegnet, man ist mit allem froh und zufrieden. Wo ein guter Geist mit zu Tische sitzt und in den Menschen lebt, da wandelt er das Wasser des Alltagslebens in duftenden Festwein.

In wie viel tausend Kirchen wird allsonntäglich mit hochgezwängter Stimme gepredigt, aber wie selten ertönt ein reinerer Klang, der, aus der Tiefe kommend, in den Tiefen der Herzen nachhallt!

Es ist aber auch bekannt, wie oft die Menschen, wenn sie gesättigt sind, eine ganz andere Sinnesart haben, als da sie noch hungrig waren.

Und da es auch gut ist, daß man nach Tische eine Weile ruht, so wollen wir die Folgen der Frühpredigt erst nach einer Pause weiter betrachten.

Nachwirkungen der Frühpredigt

So lind und frisch es auch in den Mittagsstunden draußen in Wald und Feld ist, so wandeln doch nur wenig »Mannen« hinaus, und auch diese kehren bald zurück, bis endlich alles in der raucherfüllten niedern Stube zum »Adler« beisammen ist.

Es mag auffallend erscheinen, daß auf dem Lande freie Trinkplätze so selten sind, wo man im Schatten der Bäume unter freiem Himmel seinen Schoppen in Frieden genießt. Aber erstlich fühlen sich die, welche die ganze Woche draußen sind, behaglicher unter Dach und Fach, und sodann vereinzelt das Zusammentreffen im Freien: der Raum ist unbeschränkt, man rückt nicht so nahe zusammen, das Wort des einzelnen verhallt leicht, weil es nicht, von den Wänden eingeschlossen, zu allen dringt.

Wir müssen uns also schon dazu bequemen, in die Wirtsstube einzutreten.

Um den runden Tisch in der Ecke sitzen viele. Konstantin, Mathes und der Buchmaier lesen die Zeitung, von der heute drei Blätter auf einmal angekommen sind. Sie teilen mit, was ihnen von Belang scheint und worüber sie etwas zu sagen haben. Es sind oft Bemerkungen, die den Nagel auf den Kopf treffen, oft aber auch Schläge in die Luft. Denn heutigen Tages, wo man es meist darauf anlegen muß, den leitenden Grundgedanken zwischen den Zeilen herauslesen zu lassen, ist es für den Uneingeweihten fast unmöglich, das Rechte zu finden.

Das Gespräch verlor sich nach allen Seiten hin; es möchte lehrreich sein, solches weiteren Kreisen mitzuteilen, wir müssen uns aber an das nahe gerückte Interesse des Tages halten. Der Adlerwirt ist auch dieser Ansicht; man sieht ihm an, daß er etwas auf dem Herzen hat; er sagt daher als einmal Stille eintrat:

»In der Zeitung steht auch die Geschicht von dem Sträflingsverein.«

»Lies vor!« hieß es von allen Seiten.

»Lies du!« sagte Konstantin und gab seine Zeitung dem Mathes. »Ich will nichts davon. Gegen ganz schlechte Menschen da tun sie jetzt gar liebreich: da ist's wohlfeil gut sein. Dabei kann man den Kamm noch recht hoch tragen. Die Heiligenfresser und Beamtenstübler haben da nebeneinander feil, und wisset ihr was? Gnadenpülverle auf Stempelbogen.«

»Oha, Brüderle, du hast einen Pudel geschoben«, erwiderte der Buchmaier; »da ist der Doktor Heister auch mit unterschrieben, und wo der ist, da darf man mit all beiden Händen zulangen. Und wenn auch noch Hochmutsnarren dabei sind, der Verein ist gut. Mag einer sonst tun, was er will, wenn er was Rechtschaffenes tut, so ist das halt rechtschaffen.«

»Das mein ich auch«, sagte Konrad, der Adlerwirt, und las vor.

»Da ist kein Salz und kein Schmalz in der Anzeig«, bemerkte Mathes; »die sollten unsern Pfarrer haben, der hätt's anders geben, daß das Ding Händ und Füß hätt. Wenn ich einen Knecht bräucht, ich tät gleich einen nehmen.«

»Ich auch«, riefen viele.

»Und ich nehm einen«, sagte Konrad.

»Wenn du das nicht gesagt hätt'st, wär's gescheiter gewesen«, entgegnete der Buchmaier, »da hätt's niemand gewußt, und jetzt sieht ihn ein jedes drauf an.«

Konrad kratzte sich ärgerlich hinter dem Ohre.

Der Schullehrer trat ein und der Buchmaier sagte zu ihm: »Du kommst wie gerufen. Kannst du uns nicht sagen, was das mit dem pennsylvanischen Schweigstumm ist oder wie man's heißt? Ich bin ganz dumm von dem, was da die Zeitung drüber sagt.«

»Es gibt zweierlei Strafsysteme oder Strafarten«, sagte der Schulmeister; »Auburn –«

»Nicht so!« unterbrach ihn der Buchmaier, der heute etwas ärgerlich schien; »mach jetzt all deine Bücher zu und sag's gradaus.«

Jener erklärte nun die Zellengefängnisse mit ihrer Sprachlosigkeit. Alles eiferte mit großer Heftigkeit gegen das Schweigstumm, wie sie es nannten, und der Buchmaier wurde so grimmig, daß er sagte: »Wenn ich Herrgott wäre, dem Mann, der das einsam stumme Gefängnis erfunden hat, dem ließ ich nur all Woch zweimal die Sonn scheinen.«

Der Lehrer wollte die Heftigkeit mildern, indem er berichtete, daß viele edle und gelehrte Männer für diese Strafart gestimmt hätten. Er fand aber kein Gehör.

Endlich traten mehrere Schreiber in die Wirtsstube. Das Gespräch erhielt eine andere Wendung und leise Fortsetzung. Man ging bald auseinander.

Der Armenadvokat und sein Freund

In einer Gartenlaube der Residenz saßen am selben Nachmittage zwei Männer von gleichem Alter, der eine aber trug einen Orden im Knopfloch.

Eine Magd brachte Kaffee und Zigarren.

»Wo hast du denn das schöne Dienstmädchen hingebracht, das vor zwei Jahren in deinem Hause diente?« fragte der Ordensmann seinen Gastfreund, den Doktor Heister; »das war ein frisches Naturkind, immer fröhlich, mit Gesang die Treppe auf und ab. Es kam mir wie ein heller, reiner Tautropfen vor; ist Eau de mille fleurs daraus geworden? Wie hieß es doch?«

»Magdalene. Das ist eine unglückliche Geschichte. Ich kann's noch kaum glauben, daß das brave Kind gestohlen hat, und doch ist es so. Während ich in Angelegenheiten eines Mündels in Berlin war, haben sie sie hier ins Zuchthaus gebracht.«

»Also du lieferst auch Rekruten zu deinem Verein? Ich werde nun auch wieder eine solche Unschuld zu Gesicht bekommen, die ich unter den Händen hatte, als ich noch Bezirksrichter war. Es war ein Postillon; er hat einen Ehemann, der ihm im Wege stand, in den Graben geworfen und so traktiert, daß er nach vierzehn Tagen für die Ewigkeit genug daran hatte. Das ist ein durchtriebener Schlingel. Ich habe ihn aber hinter gebunden, und habe ihm auf hohe Verordnung einige Dosen Kontumazialprügel wegen frechen Leugnens applizieren lassen. Das hat ihn mürbe gemacht. Es ist nicht anders fertig zu werden mit dem Gesindel. Ich will nur sehen, was der Verein mit ihm anfangen wird; er hat sich auch gemeldet.«

»Es freut mich innig«, erwiderte der Doktor, »daß du die Sache des Vereins so nachdrücklich gefördert hast durch das Rundschreiben an die Bezirksgerichte und die Pfarrämter.«

Der Regierungsrat, denn ein solcher war der Ordensmann, sah geschmeichelt mit dem Kopfe nickend auf seine schönen Sommerstiefeletten und sagte: »Der Verein soll auch die Vorteile unserer geregelten Staatsordnung genießen. Während wir hier sitzen«, fuhr er fort, sich auf dem Stuhle schaukelnd, »ist oder wird von allen Kanzeln des ganzen Landes das Evangelium der armen Sünder verkündet. Hu! wie werden die Tränenbeutel ausgepumpt werden. Das wird den Leuten wohltun in diesen warmen Tagen, es ist auch eine Kur. Aber das mußt du doch gestehen, daß unser Staatsleben ineinander greift wie ein Uhrwerk. Wenn ich hier einen Druck an der Staatsmaschine anbringe, bewegt sich eine Feder im entlegensten Dorfe.«

»Ob das ein Glück ist?«

»Du bist und bleibst der ewige Opponent. Ihr Leute wollt das Gute nicht sehen. Was hättet ihr denn gehabt ohne den Amtsweg? Einen Winkel im Zwischenreich der Landeszeitung –«

»Lassen wir das. Du kannst dich nicht bekehren, sonst müßtest du mit deinem Schicksal unzufrieden sein und einen großen Teil deiner mühevollen Arbeit für nichtig achten. Drum lassen wir das. Du verdienst allen Dank, daß du den Verein so rasch zustande gebracht. Du mußt ihn gut bevorwortet haben.«

»Gut bevorwortet?« lachte der Regierungsrat und hielt das eben entbrannte Zündhölzchen so lange in der Hand, bis er es an den Fingern spürte und wegwarf; »gut bevorwortet? Da sieht man wieder euch unpraktische Weltverbesserer. Ihr glaubt, mit Ideen führt man die Sachen durch. Diplomatie, Freund, Diplomatie ist's, die euch fehlt; ohne diese kommt ihr nie zu etwas. Ich für meine Person gestehe, daß ich gar keinen Penchant für euern Verein habe. Es ist jetzt ein weichmütiger Humanitätsrappel über die Welt gekommen, der das Leben horribel ennuyant macht. Ich habe nun einmal kein Spitalherz und will auch keines haben. Als die Vereinssache im Kollegium vorkam, ich war Referent, zuckte ich mitleidig die Achseln. Der Präsident ist gar kein böser Mann, nur ist ihm angst und bang vor allem Neuen; es ist ihm unheimlich. Es war aber auch gefehlt von euch, daß lauter prononcierte Liberale sich an die Spitze stellten.«

»Warum? Die Sache hat ja nichts mit Politik zu schaffen?«

»Allerdings. Glaubt ihr, man wird euch Gelegenheit geben, euch als Wohltäter der Menschheit hinzustellen und unter den Proletariern Partei zu gewinnen?«

»Nun? Wie ging die Sache denn doch durch?«

»Wie gesagt, ich zuckte die Achseln und das Finale meines Referats war: Wie werden sich die Herren die Finger verbrennen! Wie werden sie einsehen lernen, daß sich die Welt nicht nach ihren Utopien konstituieren läßt. Das gäbe eine gute Schule für sie. Der Präsident lächelte. Nun war die Sache gewonnen. Ich erklärte noch, daß, falls der Verein die Genehmigung erhalte, ich bereit sei, als Regierungsbevollmächtigter demselben zu präsidieren und ihn zu überwachen. So wurde euch die Sache gewährt, um euch einen Possen damit zu spielen.«

»Welchen Grund hattest du aber, eine so feine Intrige anzulegen für eine Sache, die dich nicht interessiert?«

Der Regierungsrat faßte die Hand des Advokaten und sagte: »Du bist und bleibst eine ehrliche Haut, aber auch dir gegenüber mußte ich intrigieren. Seitdem ich von der Kreisregierung hieher versetzt wurde, tut es mir immer leid, daß unsere beiderseitige öffentliche Stellung eine vertrautere Sozialität fast nicht zuläßt; die Parteiungen haben alles zerrissen. Lache nicht! In der Verbrecherkolonie finden wir einen Indifferenzpunkt, wo wir uns aneinander anschließen, ohne daß einer sich bei seiner Partei zu kompromittieren braucht. Wir haben in Heidelberg den Freundschaftsbund geschlossen, er soll aufrecht erhalten werden. Nicht wahr, alter Cherusker, wir bleiben die Alten?«

Die beiden Jugendfreunde drückten sich die Hände. Dem Advokaten kam diese Mischung von Treuherzigkeit und Schlauheit, die er eben vernommen, doch sonderbar vor; er wendete sich indes immer gern nach der idealen, sonnenbeschienenen Seite an der Frucht des Lebensbaumes und erwiderte:

»Wir haben noch so viele Berührungspunkte, noch so viel gemeinsames Streben, daran wollen wir uns halten, das andere beiseite liegen lassen.«

»Ja, das wollen wir.«

»Du bist auch besser als du dich gibst«, bemerkte Heister.

»Was besser? Alle Menschen sind Egoisten. Alles Uneigennützige geschieht aus Eitelkeit, Langeweile oder Gewohnheit. Freilich, du bist eine Exceptio idealis, darum verzeihe ich dir deine Demagogie.«

»Nein, ich will kein Privilegium. Ich glaube, daß noch zu keiner Zeit so viel Menschen waren, deren ausdauerndes Streben dem Gemeinwesen gilt, deren Leid und Freud vornehmlich aus den Zuständen des Vaterlandes seine Nahrung empfängt. Ein seltener Opfermut bewegt die heutige Welt; leider findet er kaum eine Gelegenheit, sich anders als im Hoffen und Dulden zu bewähren –«

»Gelegenheit macht Diebe. Wir kommen da an einen Punkt, über den wir uns nie vereinigen werden – transeat.«

Eine Weile herrschte Stille; beide Männer schienen innerlich nach den Einheitspunkten zu forschen, die sie so bereitwillig voraussetzten. Es war eine peinliche Pause.

So erquickend es für die Seele ist, wenn zwei Freunde lautlos beieinander sitzen, sich und den andern still in der Seele hegen, nach fernen Gedankenwelten schweifend doch beieinander sind, jeder in dem andern ein sichtbares Jenseits erkennt; ebenso schmerzlich ist das innere Suchen und Stöbern, einander friedlich zu begegnen.

Der Regierungsrat nahm zuerst wieder das Wort, indem er sagte: »Auch die Poesie ist uns heutigen Tages geraubt. Der schöne Gott Apollo ist zum kranken Lazarus voll Wunden und Beulen geworden. Die Poeten führen uns heute immer in die schlechteste Gesellschaft. Freigeister und Pietisten blasen aus einem Loch und proklamieren diese heitere, sonnige Welt als ein Jammertal. Du warst doch auch einmal ein Stück Poet, was sagst du dazu?«

»Die Poesie der modernen Welt ist ein Kind des Schmerzes, selbst die harmloseste ist das freie Aufatmen der vorher gedrückten Brust. Ich sehe einen großen Fortschritt darin, daß selbst die Poesie jene falsche Idealität aufgegeben hat, welche die wirkliche Welt ignorierte oder nicht in sie einzugreifen wagt. Eine Idee muß Wirklichkeit werden können, oder sie ist eine eitle Seifenblase. Nun betrachte die Armen und Elenden –«

»Gut, daß Sie kommen!« rief der Regierungsrat, einer stattlichen, schönen Frau entgegengehend; »Ihr guter Mann hätte mich sonst noch zum Dessert durch alle Höhlen der Armut gejagt.«

Das Gespräch nahm nun eine heitere, spielende Wendung, denn der Regierungsrat liebte es, die Frauen durch zierliche Redeblumen zu ergötzen; den Ernst des Lebens entfernte er gern aus ihren Augen. Darin bestand seine Frauenachtung.

Er sprach sodann von seinem Rokoko-Ameublement, das ihm mit Frau und Kind bald nach der Stadt folgen würde, und bemerkte mit ausführlicher Sachkenntnis, wie das echte Alte alles neu Fabrizierte weit hinter sich lasse, da die Arbeiter Geduld und Kunstfertigkeit zu diesen feinen Schnitzeleien nicht mehr haben. Er hatte Schränke, Stühle und Krüge aus alten Ritterburgen und von den Speichern der Bauernhäuser um einen Spottpreis zusammengekauft und wußte manche lustige Geschichte davon zu erzählen.

Der Advokat sah bisweilen schmerzlich drein, denn er fühlte es tief, daß der Riß zwischen ihm und seinem Jugendfreunde nur notdürftig überkleistert war.

Man trennte sich bald. Der Advokat machte sich noch daran, die Papiere eines Klienten zu ordnen, für den er andern Tages eine Reise antreten wollte. Selbst bei der Arbeit konnte er den Gedanken an seinen verlorenen Jugendgenossen nicht loswerden: Dabei erkannte er wieder aufs neue, daß selbst die rein humanen Bestrebungen keine Einigung zulassen, wenn der sittlich-politische Hintergrund ein anderer ist.

Der Verein und seine Zöglinge

Wenige Tage darauf saßen in der Hauptstadt fünf Männer um einen Tisch, Aktenbündel und mit Siegel versehene Zeugnisse vor ihnen.

»Es zeigt sich noch wenig Eifer für unser Wirken«, begann der Vorsitzende. »Auf unsern Aufruf haben sich nur zwei zur Annahme von Sträflingen erboten, der eine unser würdiges anwesendes Mitglied, Herr Fabrikant Hahn, der andere ein schlichter Wirt vom Walde; wir haben ihn herbeschieden.«

Er klingelte, und der Diener trat mit Konrad ein.

Die Zeugnisse der aus der Strafanstalt Entlassenen lauteten in Betracht der Umstände ziemlich günstig. Wie war ihnen nun aber fortzuhelfen? Besonders mit einem Schreiber, der wiederholte Namensfälschungen verbüßt hatte, wußte man nichts anzufangen. Unter den fünf Sträflingen, die dem Vereine ihre Zukunft anvertraut hatten, wurde auch ein ehemaliger Postillon genannt.

»Den will ich nehmen«, sagte Konrad.

Während man nun seine Obliegenheiten auseinandersetzt, verfügen wir uns in das andere Zimmer zu denen, die hier harren, was drüben über sie verfügt wird.

Zwei in bereits vorgerücktem Alter, mit verschmitzten Gesichtern, gehen in lebhaftem Gespräch auf und ab. Ein hagerer Mensch in vertragenem schwarzem Frack steht am Fenster, haucht die Scheiben an, macht mit dem rechten Zeigfinger sehr künstlich verschlungene Namenszüge mit allerlei Schnörkeln und verwischt sie immer schnell wieder. Ein vierter sitzt in der Ecke und betet, wie es scheint sehr eifrig, aus einem frisch eingebundenen Gebetbuche. Nicht weit davon sitzt der fünfte, ein schlanker und kräftiger junger Mann, und hält das Gesicht mit beiden Händen bedeckt.

»Was willst du machen, Frieder?« fragte mit dicker Stimme einer der Wandelnden seinen Kameraden.

Dieser blieb stehen, hielt eine Flocke seines grauen Bartes, der das ganze Gesicht einrahmte, in der Hand; in seinem zerwühlten, faserigen, wie aus Tannenholz gehauenen Antlitze hoben sich die Muskeln in raschen Zuckungen. Er zwinkerte mit den klugen grauen Augen und erwiderte:

»Ich hab mein Resolution und da beißt kein Maus keinen Faden davon: eine Anstellung will ich und auf lebenslänglich und mit Pension; krieg ich das nicht, schmeiß ich ihnen den Bettel vor die Tür. Guck, ich wünsch mir kein Kapital und keine Güter, weiter nichts als eine Anstellung. Wenn so ein Vierteljährle rum ist, kommt der Amtsdiener und legt das Geld auf den Tisch, lauter blanke harte Taler. Sei's Sommer oder Winter, Hungerjahr oder wie's will, wenn's Vierteljährle rum ist, hat man sein Gewisses. Man hat sich nicht zu quälen und nicht zu sorgen, man geht so den Trumm fort, und wenn's Vierteljährle rum ist, brauchst du nicht einmal zu pfeifen, da ist ein Säckle voll Geld da. Der Staat muß für mich sorgen, und das ist das beste. – Aber das will ich dir noch sagen, ich dreh dir den Kragen rum, wenn du das vorbringst, was ich dir jetzt sag. Ich will allein. Und du verstehst's ja auch gar nicht –«

»Brauchst nicht sorgen«, unterbrach ihn der andere und verzog sein knolliges Gesicht zum Lachen; »ich will weiter nichts, als daß sie mir genug zu essen geben und auch das Trinken nicht mankiert. Dann will ich meinetwegen ehrlich sein. Narr, aus Übermut stiehlt man nicht.«

Frieder trat auf den Betenden zu und sagte:

»Bitt mir eine Anstellung aus, du Heiliger. Ich will einen Handel mit dir machen: laß mir's hüben für dich gut gehen, drüben kannst du mein Teil auch noch haben.«

Der Betende legte sein Buch nieder und begann mit salbungsvoller Stimme:

»Du wirst von Stufe zu Stufe sinken und fallen, Frieder, weil du nicht einsiehst, wie sehr der Herr uns begnadigte, da er uns sinken ließ, damit wir uns um so höher erheben.«

»Dank für dein Gnad, ich will ja nicht hoch, ich will ja nur fest angestellt sein. Richt't euch«, fuhr er fort, auf den jungen Mann mit verdecktem Angesicht losgehend und ihn schüttelnd; »sei nicht so traurig, du. Da hast mein Hand drauf, wenn ich Oberpostgaul werde, ich will sagen Oberpost... oder so was, das Geheime schenk ich ihnen, da wirst du mein Leibkutscher.«

Der Ermunterte regte sich nicht und antwortete nicht, und Frieder bemerkte wieder: »An dem da haben sie ein Meisterstück gemacht. Mir hat einmal die Hebamm das Züngle gelöst, ich kann's nimmer binden. Es ist doch aber ein schöne Sach um ein Zuchthaus, da ist alles gleich und wenn einer auch ein noch so hochnäsiger Schreiber ist«, schloß er mit einem Seitenblick.

Der Schreiber kehrte sich um; auf seinen eingefallenen Wangen glühte Zorn und Verachtung.

Der Diener berief die Harrenden vor den Vorstand.

Der Betende nahm sein Buch unter den Arm und fixierte sich die lammfromm Miene im Gesichte, um sie beizubehalten. Der Schreiber verlöschte noch schnell einige Namenszüge und knöpfte den Rock zu. Der Verdeckte erhob sich mit schwerem Tritte, er sah bei aller jugendlichen Spannkraft wie geknickt aus und hatte die Unterlippe zwischen den Zähnen eingekniffen.

Unter der Türe verbeugte sich noch Frieder vor dem Schreiber und sagte:

»Sie haben den Vortritt, spazieren Sie voran, Herr von Federkiel, Graf von Papierhausen, Fürst von Dintenheim, König von –«

Der Schreiber schritt stolz an Frieder vorüber, der aber mit seinen Standeserhöhungen nicht eher endete als bis sie an der Türe des Sitzungszimmers waren.

Vor dem Vereinsausschusse drängte sich indes Frieder vor und offenbarte, noch ehe man ihn fragte, sein Begehr, ohne aber wie vor wenigen Minuten die Motive so bündig vorbringen zu können. Es ging ihm dabei wie manchen Rednern, die nach ausführlicher Vorbereitung und privater Darlegung, wenn's drauf und dran kommt, ungeschickt aufs Ziel lostappen, ohne den Weg zu demselben nochmals fest zu durchschreiten. Er kam dadurch in den Nachteil, daß er bloß als anmaßend erschien. Als man seinem Begehr nicht willfahrte, verließ er trotzig die Versammlung.

Die Vorstandsmitglieder sahen sich nach dieser ersten Begegnung verwundert an, der Regierungsrat lächelte hinüber zu seinem Freunde dem Doktor Heister.

Konrad unterbrach zuerst die eingetretene Stille, indem er auf den Schlanken losging, den er sogleich als den Postillon erkannt hatte, und sagte:

»Willst du mit mir gehen? das Vieh versorgen, im Feld schaffen und den Fuhrleuten vorspannen?«

Der Angeredete hielt die Lippen noch immer zusammengekniffen und sah Konrad stier an. Erst als man die Frage zum dritten Mal wiederholte, antwortete er:

»Ja, wenn sonst keiner von den Kameraden da ins Dorf kommt; allein.«

Schnell schlüpfte seine Unterlippe wieder zwischen die Zähne.

Man ging, wie natürlich, leicht auf die gestellte Bedingung ein und war froh, vorerst einen untergebracht zu haben.

Der Schreiber und der aus Hunger Stehlende traten nach vielem Widerstreben bis auf weiteres in Hahns Fabrik ein. Der Fromme wollte Pfründner in einem Versorgungshause werden, um ganz seiner Seele zu leben. Da man ihm dies nicht gewähren konnte, verließ er mit einem Segenswunsche die Versammelten.

Konrad verließ mit seinem Knechte das Haus. Auf der Straße begann er folgendermaßen:

»Wie heißt du?«

»Jakob.«

»Brauchst mir dein Geschieht nicht erzählen, sei nur jetzt brav. Du hast gesehen, wo der krumme Weg hinführt.«

Jakob antwortete nicht.

»Hast du schon was gessen?« fragte Konrad wieder.

»Ja«, lautete die Antwort aus fast verschlossenem Munde.

Im Wirtshause ging Jakob schnell in den Stall zu den Pferden. Er streichelte und klatschte sie in einem fort. Es tat ihm gar wohl, wieder mit Tieren zusammen zu sein. Seit drei Jahren war er einsam oder unter Menschen, die seine Vorgesetzten waren und bei aller Güte doch stets vor allem den Verbrecher in ihm sahen. Jetzt war es ihm gar eigen zumute, daß er nun doch wieder bei Tieren war; etwas von der Unschuld der Welt sprach ihn daraus an. Das verlangte auch keine Rede und keine Antwort. Jakob wünschte, daß er mit gar keinem Menschen und nur mit den Tieren zu leben hätte.

Wie leuchtete sein Angesicht, als er mit seinem Herrn rasch dahinfuhr; er, der seit Jahren in einen kleinen Raum eingefangen war, rollte jetzt wie im Fluge an Bäumen und Feldern und durch Dörfer dahin.

Auch jetzt noch sprach Jakob wenig, und nur als ihn Konrad bedeutete, daß der Gelbbraune nicht Fuchs, sondern Brauner heiße, antwortete er: »Schon recht.«

Als man unterwegs einkehrte und Jakob sein Essen erhielt, nahm er sich dies mit in den Stall und verzehrte es bei den Tieren.

Jakob im Dorfe

Es ist eine seltsame Empfindung, wenn man in einen Ort kommt, wo man keinen Menschen kennt, wo man aber selber bereits von allen gekannt ist, und zwar wie Jakob nicht von der vorteilhaftesten Seite. Berühmte Männer können sich vom Gegenteil aus eine Vorstellung davon machen.

Still und emsig vollführte Jakob die ihm obliegenden Arbeiten, fast immer noch mit eingekniffener Unterlippe. Nie sah man ihn lachen, nie nahm er zuerst das Wort. Wenn er ins Feld ging, bot er niemand die Zeit, und wenn die Leute ihn grüßten, dankte er kaum hörbar. Nach und nach verbreitete sich das Gerücht, es sei im Oberstüble bei Jakob nicht recht geheuer; doch hatte noch niemand etwas Närrisches an ihm gesehen, er verrichtete die Feldarbeit und versorgte das Vieh pünktlich, ließ kein Löckle Heu und kein Körnle Hafer verloren gehen. Nie gesellte er sich abends zu den singenden und scherzenden Burschen. Selbst wenn er allein war, hörte man ihn nicht singen und nicht pfeifen, was doch jeder tut, der nicht einen Kummer im Herzen oder schwere Gedanken im Kopfe hat.

Die Frühlingssonne hatte den im Kerker Gebleichten bald wieder gerötet. Die Mädchen bemerkten im stillen unter sich, daß des Adlerwirts Knecht fünf rote Bäckle habe, zu den gewöhnlichen noch eines auf dem Kinn und zwei an den Stirnbuckeln.

Bei alledem blieb sich Jakob in seiner sonstigen Art gleich.

Der Buchmaier, dem das verschlossene Wesen des Unglücklichen sehr zu Herzen ging, gesellte sich mehrmals zu ihm und suchte ihn auf allerlei Weise redselig zu machen. Jakob aber gab nur knappe Antworten und blickte dabei immer wie verstohlen und zusammengeschreckt auf den Buchmaier. Auch der Pfarrer konnte mit seinen liebreichen und eindringlichen Ermahnungen nicht viel aus Jakob herauskriegen. Auf eine lange Rede von Vergebung und Gnade, die der Pfarrer einst auf seiner Stube an ihn gehalten, erwiderte Jakob nichts, sondern ging an den Tisch, nahm die Bibel, blätterte darin und hielt endlich den Finger starr auf einer Stelle. Der

Pfarrer las, es waren die ersten Worte im Evangelium Johannis: »Im Anfang war das Wort.«

Jakob schlug sich auf den Mund und sah den Pfarrer fragend an, dieser verstand: Man hatte dem Armen das Wort entzogen, jenes edle Band, das die Menschen miteinander und mit Gott vereinigt. Jede freie Rede seiner Lippen erschien ihm wie ein Hohn gegen den Armen, und er gedachte zum erstenmale recht lebendig jener empörenden Tyrannei, da man das öffentliche Wort bindet und fesselt.

Jakob wendete sich ab und tat, als ob er sich mit seinem Tuche den Schweiß abtrockne, in der Tat aber wischte er sich die Tränen ab, die er zu verbergen trachtete. Der Pfarrer stand vor ihm und betrachtete ihn mit tränenerfüllten Augen; er faßte seine Hand und sprach ihm Mut und Trost zu.

Jakob gestand zum ersten Male in Worten, wie beklommen seine Seele sei. Das erleichterte ihn. Er ging befreiter von dannen und grüßte den Schullehrer, der ihm auf der Treppe begegnete, aus freien Stücken.

Im »Adler« war Jakob auch oft Gegenstand des Gesprächs, und der Buchmaier bemerkte:

»Man mag mir sagen, was man will, man hat kein Recht dazu, einem Menschen, und wenn er auch das Ärgste getan hat, das Sprechen zu verbieten. Weiß wohl, die Leute meinen's gut, sie wollen die Menschen bessern, aber das heißt man zu Tod kurieren.«

»Herr Gott!« rief Mathes, »wenn ich dran denk, daß mir's so gehen könnt, ich tät an jedem, der mir unter die Händ käm, einen Mord begehen, daß man mir den Hals abschneiden tät; nachher wär's ja ohnedem aus mit dem Schwätzen.«

Noch viel andere derartige Reden fielen, und Jakob war lange der Gegenstand des Gesprächs, bis man sich an ihn gewöhnte und nicht mehr an ihn dachte.

Desto mehr aber dachte Jakob für sich, so wenig das auch früher seine Gewohnheit war. In der ersten Zeit nach seiner Befreiung war er sich wie betäubt vorgekommen; er griff sich oft nach der Stirn, es war ihm, wie wenn man ihn mit einem schweren Hammer auf den

Kopf geschlagen hätte. Er träumte wie halb schlafend in die Welt hinein.

Jahrelang in einsamer Zelle sitzen, ohne eine Menschenseele, der man die flüchtigen und unscheinbaren wie tieferen Regungen der Seele mitteilt – das ist eine Erfindung, würdig einer lendenlahmen Zeit, der das Verbrechen über den Kopf wächst und die es zu ausgemergelter Frömmelei zu verwandeln trachtet. Drängt die quellende Tatkraft zurück, sperrt die scheußlichen Dämonen ein in die Brust eines Menschen, daß sie sich ineinander krallen, sich zerren und raufen; gebt acht, daß ja keiner entkommt und in eure mit Latten umfriedete Welt eindringt – schickt dann euern Pfaffen, sein Opfer ist bereit, wenn ihm nicht der gütige Dämon des Wahnsinns zuvoreilt.

Jakob war ein Mensch leichten Sinnes gewesen, sein Kopf war nie zu eng für seine Gedanken, er wußte kaum, daß er solche hatte; er sprach sie bald aus oder zerstreute sie. Jetzt aber hatte er jahrelang still in einsamer Zelle gesessen, und Geister kamen, von denen er nie gewußt, und grüßten ihn wie alte Bekannte und tanzten einen tollen, sinnverwirrenden Reigen. Was nützte es ihn, daß er sorgfältig die Borsten zählte, die er bei seinem neuen Handwerke verarbeitete, daß er die Zahlen laut hersagte, daß er betete, daß er mit dem Hammer aufschlug? Die flüchtigen Dämonen wichen nicht und waren nirgends zu fassen. Sie lugten in der Dämmerung fratzenhaft unter dem Stuhle hervor; kollerten auf dem Bette, kletterten an den Wänden hin und spielten mit dem Gepeinigten und nährten sich mit dem Angstschweiß auf seiner Stirne.

Die gesunde Natur Jakobs hatte den Verderbern standgehalten. Als Jakob aus dem einsamen Gefängnisse zuerst wieder in die Gesellschaft seiner Schicksalsgenossen gebracht wurde, war er traurig und blöde. Die lebendigen Menschen erschienen ihm lange wie Geister mit erlogener Lebensgestalt. Und als er zu den freien Menschen zurückkehrte, war ihm die Welt wie aufgelöst, wie chaotisch ineinander zerflossen; er konnte sich nicht dreinfinden und lebte einstweilen so in den Tag hinein und arbeitete ohne Unterlaß. Er kam sich wie ein längst Verstorbener vor, der unversehens wieder in die Mitte der Lebenden versetzt wird, der sich die Augen reibt und nicht fassen kann, wozu die Menschen rennen und jagen, was sie zusammenhält, daß sie nicht feindselig auseinanderstieben. Er hatte ehedem nach Neigung und Lust und von den Pflichten des Tages gehalten im Zusammenhange der Welt gelebt; er war durch ein Verbrechen schmerzhaft ausgejätet worden, er konnte nirgends mehr recht einwurzeln. Das Rätsel des Weltzusammenhanges stand hier vor der Seele eines Menschen, der nie etwas davon geahnt.

Mehrmals kam Jakob der Gedanke des Selbstmords, der plötzlich aus all dem Wirrwarr lostrennt; aber so oft ihm der Gedanke kam, ballte er beide Fäuste, knirschte vor sich hin und sagte: »Nein!«

Wohl hatte ihm der Pfarrer den weltbezwingenden Spruch ins Herz gelegt und gedeutet: Gott ist die Liebe! Er ist jener geheimnisvolle Punkt, der jedes Wesen zwingt, in sich fest zu stehen und zu leben, der alle Kreaturen in sich und miteinander zusammenhält, der mitten in Kampf und Not die ewige Harmonie zeigt, in die wir einst alle aufgehen. – Jakob hörte die ausführliche Deutung beruhigt an, sie tat ihm wohl, aber er konnte sie nicht auf sich anwenden, nicht die Welt um sich her damit beherrschen und verklären. Wo zeigte sich ihm diese Liebe in den Taten der Menschen?

Jakob hatte einst in seiner Kindheit gehört, wie wilde Männer in Bärenhäute gehüllt zuerst in diese Gegend gekommen und sie angebaut hatten. Wenn er jetzt ins Feld ging, war es ihm sonderbarerweise oft, als sähe er einen jener ersten Wilden mit der Bärenhaut und der unförmlichen Axt in den Wald schreiten und die Bäume fällen; er sah ihn bei hellem lichtem Tage und in seinen Träumen. Welch ein tausendfältiges Leben bewegte sich jetzt auf dem kleinen Raume, den einst nur die Tiere des Waldes beherrscht hatten! Er sah, wie nach und nach die Söhne und Töchter sich ansiedelten, Fremde herzukamen; sie nahmen Steine und setzten sie als Markzeichen zwischen ihre Felder, sie bauten ein großes Haus und stellten einen Mann hinein, der mit lauten Worten ihr Gewissen wach erhalte, sie setzten einen andern hin zum Richter über ihren Streit, und diese beiden behielten fortan allein das Wort –, aus dem Ofenloch, in das man das unartige Kind sperrte, ward ein großes Gefängnis...

Jakob war auf einem Umwege in die wirkliche Welt zurückgekehrt; sie wird ihn bald wieder fassen und festhalten.

Wer mag es aber den Leuten verdenken, daß sie den Kopf über einen Menschen schütteln, von dem sie kaum ahnten, wie er in Gedanken weit weg von ihnen allen war?

Zwei Genossen

Der Adlerwirt und seine Leute saßen eines Mittags in der Ernte-
zeit bei Tisch. Es wurde fast gar nicht gesprochen, denn die Essenszeit dient zugleich als Ruhepunkt, und in diesen Kreisen ist das
Sprechen eine Arbeit; man wird nicht finden, daß es nur als etwas
Beiläufiges einem andern Tun sich zugesellt, die Seele wendet sich
ihm ganz zu, und die fast immer begleitenden Bewegungen ziehen
den Körper nach.

Bärbele, die Adlerwirtin, sagte, als man eben abräumte: »Der
Bäck hat heut eine neue Magd kriegt, sie ist im Zuchthaus gewesen
und ist ihm von dem Verein übergeben worden. Die dauert mich im
Grund des Herzens, die kommt vom Prügele an den Prügel, ich
mein –«

Konrad stieß seine Frau an, sie solle still sein, und winkte mit den
Augen nach Jakob. Durch das plötzliche Abbrechen und die eintre-
tende Stille gewannen die Worte Bärbeles erhöhte Bedeutsamkeit;
jedes sprach sie gewissermaßen im stillen nach. Jakob schien indes
wenig davon berührt, er schnitt sich einen tüchtigen »Ranken« Brot,
steckte ihn zu sich, klappte sein Taschenmesser zu und verließ
schon bei den letzten Worten des Schlußgebets das Zimmer. Die
Rücksichtsnahme durch das plötzliche Verstummen ärgerte ihn
mehr als die vernommenen Worte: er wollte, daß man von seinen
Schicksalsgenossen in seinem Beisein ohne Rückhalt spreche. Dieses
Verstummen bewies ihm, daß man ihn noch nicht für gereinigt
hielt; er zürnte.

So verletzlich und anspruchsvoll ist ein gedrücktes Gemüt.

Kaum war Jakob eine Weile fort, als sich die Tür wieder öffnete;
ein fremder Mann, der einen Quersack über der Schulter trug, zerrte
Jakob am Brusttuche nach.

»Komm mit«, rief er, »du mußt ein Bufferle mittrinken. Sind wir
nicht alte Bekannte? Haben wir nicht drei geschlagene Jahr miteinander im Gasthof zum wilden Mann loschiert?«

Jakob setzte sich endlich verdrossen auf die Bank.

Der Fremde ist uns gleichfalls bekannt, es ist der wohlgemute Frieder. Jakob war auch jetzt noch schweigsam, sein Kamerad ersetzte seine Stelle vollauf.

»Bist noch immer der alte Hm! Hm!« sagte er; »hältst das Maul wie ein **scher Landstand? Guck, ich hab heut schon mehr geschwätzt als sieben Weiber und drei Professor. Ich bin aber auch jetzt bei denen, die das große Wort führen. Was meinst was ich da drin hab? Lauter Purvel (Pulver).« Er öffnete seinen Sack und warf eine große Masse von – Lumpen heraus: »Lug, da draus macht man Papier, und da drauf exerzieren ganze Regimenter von schwarzen Jägern. Ich muß das Lumpenvolk da zusammentreiben, sonst können meine Herren keinen Krieg führen, und Krieg muß sein, alles muß untereinander. Es geschieht ihnen recht. Warum haben sie mir kein Anstellung geben.«

»Was brauchst aber so viel schwätzen bei deinem Lumpensammeln?« fragte Bärbele.

»Das ist das allerschwerste Geschäft«, erwiderte Frieder; »du glaubst nicht, wie die Leut an ihren Lumpen hangen. Wenn alles noch so kreuzweis zerrissen und zerfetzt ist, wollen sie's doch nicht hergeben; sie meinen immer: es wär' noch ein bravs Lümple dabei, das man noch zu was brauchen kann, zum Ausflicken oder Scharpie daraus zu zupfen. Her damit, sag ich, wenn auch noch ein gut Lümple dabei ist, schad't nichts, eingestampft muß werden. Lumpenbrei. Jetzt hol noch ein Bufferle, und denk derweil drüber nach, daß du das Taufen vergiß'st.«

Frieder leerte schnell noch auf einen Zug den Rest; Jakob wollte aber nicht mehr trinken, als die zweite Ladung kam.

»Was?« rief Frieder, »du willst keinen Schnaps trinken? Ja, du hast recht, ich sag's auch: Das Best auf der Welt ist Wasser und – Geld genug und – Gesundheit. Freilich, das Schnapstrinken ist eine Sünd, aber ich muß es tun. Guck, jeder Mensch muß ein Portion Sünden und ein Portion Schnaps trinken, so viel eben auf sein Teil kommt. Ich trink jetzt aus Frömmigkeit für meine Mitmenschen. Ich bin mit meinem Teil fertig, und jetzt trink ich für andere. Es soll dir wohl bekommen, Jakob, das ist dein Teil!« schloß Frieder und nahm einen tüchtigen Zug.

Jakob sprach noch immer nicht, und jetzt endlich sagte er aufstehend, daß er ins Feld müsse. Frieder machte sich schnell auf, um ihn zu begleiten.

Frieder war im ganzen Dorfe bekannt wie bös Geld; er sprach jedermann an und hielt Jakob dabei an der Hand. Diesem war es gar erschrecklich zumute, daß er mit einem so allbekannten Gauner vor den Leuten erscheinen mußte; er sagte sich aber wieder: Du bist ja selber ein Gezüchtigter und wie würde dir's gefallen, wenn man dich meidet? Er duldete daher die Vertraulichkeit Frieders.

Der Studentle begegnete ihnen und fragte: »Lebst auch noch, alter Sünder?«

»O du!« entgegnete Frieder, »mit deinen Knochen werf ich noch Äpfel vom Baum runter.«

Konstantin lachte und fragte wiederum: »Was treibst denn jetzt?«

»Lumpensammeln.«

»Geht's gut dabei?«

»'s ging schon, aber die verdammten Juden verderben den Handel. Wenn die Regierung was nutz wär, müßt sie den Juden das Lumpensammeln verbieten.«

Jakob war während dieses Gesprächs fortgegangen, und Frieder rannte ihm nach. An dem Bäckenhaus lehnte sich ein Mädchen aus der Halbtüre, es ward »ritzerot«, als es die beiden sah. Jakob blickte das Mädchen scharf an, sah aber gleich darauf zur Erde. Frieder pfiff unbekümmert ein Lied vor sich hin.

Erst am letzten »einzecht« stehenden Hause des Dorfes wurde Jakob seinen Gefährten los, der zu dem hier wohnenden Hennenfangerle ging. Die alte Frau, die diesen Beinamen hatte, war als Hexe verschrien, obgleich niemand mehr recht daran glaubt; so viel war gewiß: Gestohlenes Gut, das in ihre Hände kam, war wie weggehext. Jener Name rührt allerdings von etwas Dämonischem her das der Frau innewohnte; sie konnte mit ihrem Blicke sie Hühner bannen, daß sie sich wie vor einem Habicht zusammenduckten und greifen ließen. Getupfte Hühner kennt kein Mensch mehr, und zu Asche verbrannte Federn zeigen keine besonderen Farben. Dieser Geruch verbrannter Federn mochte auch immer die Hühner erschrecken, wenn das Hennenfangerle sich ihnen näherte, so daß sie laut aufgackerten.

Die Leute ließen die alte Frau in Ruhe, denn sie war ihnen unheimlich, man sagte, sie werde deshalb so alt, weil sie sich nur von Hühnersuppe nähre. Man traf Vorsorge, verfolgte sie aber nicht weiter, wenn sie sich unversehens ihren Tribut holte.

Die Luft beengt den Atem hier im Hause; lassen wir Frieder allein bei seiner Vertrauten.

Draußen im Felde, wo Jakob den Klee mit seinen verdorrten Blumen mäht, da ist's freier. Wie stattlich sieht Jakob aus bei dieser Arbeit, wie schön sind seine Bewegungen. Von allen Feldarbeiten ist das Mähen die schönste und am meisten kräftigende. Da bückt man sich nicht zu Boden, da steht man stolz und frei, und im weiten Umkreis fallen die Halme nieder. Wir können aber Jakob nichts helfen, denn das Mähen will wohl gelernt und geübt sein, und die Schichten müssen liegen bleiben, wo sie gefallen sind, bis sie ganz verdorren. Könnten wir ihm nur in seinen Gedanken helfen! Die Sense scheint heute nicht recht scharf und Jakob etwas mißmutig. Das Zusammentreffen mit Frieder peinigt ihn, aber noch etwas anderes, er weiß nicht recht was. So oft er den Wetzstein nimmt und die Sense schärft – und das geschieht oft –, denkt er an das Mädchen, wie es zur Halbtüre herauslehnte und wie es errötete; er hat herzliches Mitleid mit ihm. Jakob war kein Neuling in der Welt, er wußte wie Unglück und Verbrechen kein Alter und kein Geschlecht verschont, aber jetzt war es ihm, als ob er's hier zum ersten Mal erführe. Ein Mädchen mit dem Stempel des Verbrechens auf der Stirn ist doppelt und ewig unglücklich; was soll aus ihm werden? – Jakob mähte, um seine Gedanken loszuwerden, so emsig fort, daß er unvermerkt einen scharfen Schnitt in den Stamm eines Bäumchens machte, das mitten im Klee stand.

Nun hatte er Grund genug zum Wetzen.

Die lustige Magd

Am Sonntag nachmittag saß Jakob bei einem Fuhrmann in der Stube; sie hatten einen Schoppen Unterländer Wein vor sich stehen. Konrad sah zum Fenster hinaus und sagte jetzt:

»Bäckenmagd, komm rein mit deinen Mitschele.«

Das Mädchen trat ein, es trug einen Korb voll »mürben« Brotes auf dem Kopfe. Wie es jetzt den Korb abnahm und frei vor sich hinhielt, erschien es in seiner gedrungenen Gestalt gar anmutig. Das kugelrunde ruhige Gesicht sah aus wie die Zufriedenheit selber, seltsam nahmen sich dabei die weit offenen hellblauen Augen mit den dunkeln Wimpern aus; es schien eine Doppelnatur in diesem Gesichte zu hausen. Ein kleines unbändiges Löckchen, das senkrecht mitten auf die Stirne herablief, suchte das Mädchen in das braune Haargeflecht zu schieben, aber es gelang nicht. Man sah es wohl, das wilde Löckchen, das sich nicht einfügen ließ, war sorgfältig gekräuselt und zur Zierde gestaltet; es gab dem ganzen Anblicke des Gesichts etwas Mutwilliges. So erschien es wenigstens Jakob, als das Mädchen auch zu ihm kam und ihm Brot zum Verkaufe anbot, und er fuhr wie erschreckt zusammen. Er griff nach dem Glase, als wollte er es dem Mädchen reichen, schüttelte aber zornig schnell mit dem Kopfe und – trank selber.

Der alte Metzgerle, der auf der Ofenbank saß und auf einen Freitrunk harrte, suchte sich einstweilen die »Langzeit« zu vertreiben, indem er das Mädchen neckte. Er sagte, auf die Locke deutend:

»Du hast einen abgerissenen Glockenstrang im Gesicht, es muß einmal tüchtig Sturm geläutet haben bei dir.«

Das Mädchen schwieg, und er fragte wieder: »Sind deine Mitschele auch frisch?«

»Ja, nicht so altbacken wie Ihr«, lautete die Antwort.

Alles lachte, und der Metzgerle begann wieder: »Wenn du noch dreißig Jahre so bleibst, gibst du ein schön alt Mädchen.«

Rasch erfolgte die Gegenrede: »Und wenn Ihr eine Frau krieget, nachher bekommt der Teufel eine Denkmünz, daß er das Meisterstück fertigbracht hat.«

Schallendes Gelächter von allen Seiten unterbrach eine Zeitlang das Reden, und als der Metzgerle wieder zu Wort kommen konnte, sagte er:

»Man merkt's wohl, du bist anders als aufs Maul gefallen.«

»Und Euch wär's gut, wenn Euch was ins Maul fallen tät, nachher ließet Ihr auch Eure unnützen Reden. Wie? Will niemand mehr was kaufen? Ich muß um ein Haus weiter.«

Mit diesen Worten verließ das Mädchen die Wirtsstube. Jakob schaute ihm halb zornig, halb mitleidsvoll nach. Er machte sich jetzt Vorwürfe, daß er von allen Anwesenden die Magd am unwirschesten behandelt habe; er hatte kein Sterbenswörtlein mit ihr gesprochen. Dann sagte er sich wieder: »Aber sie geht dich ja nichts an, du hast ja nichts mit ihr zu teilen, nichts, gar nichts.«

Man sprach nun viel von der Magd und daß sie so lustig sei, als ob sie ihr Lebtag über kein Strohhälmle gestrandet wäre.

Der Metzgerle bemerkte: »Die hat große blaue Glasaugen wie ein mondsüchtiger Gaul, die sieht im Finstern.«

In Jakob regte sich eine Teilnahme für das Mädchen, die er sich nicht erklären konnte. Er überlegte, ob es wirklich so grundverderbt sei oder nur so leichtfertig tue; der Schluß seines Nachdenkens hieß aber immer wieder: »Sie geht dich ja nichts an, nichts, gar nichts.«

So oft nun Jakob der Magdalena – so hieß das Mädchen – auf der Straße oder im Felde begegnete, wendete er seinen Blick nach der andern Seite.

Der Hammeltanz wurde im Dorf gefeiert, im »Adler« ging es hoch her. Jakob versah die Dienste eines Kellners, auch Magdalena half bei der Bedienung. Da man nur in den Pausen beschäftigt war, so hätte Jakob wohl einen Tanz mit Magdalena machen können; er forderte sie aber nie auf, und sie schien diese Unhöflichkeit kaum zu bemerken. Wenn er nicht umhin konnte, etwas mit ihr zu sprechen, lautete Ton und Wort immer so, als ob er sich gestern mit ihr gezankt, als ob sie ihm schon einmal etwas zuleid getan hätte. Magdalena blieb dabei immer gleichmäßig froh und guter Dinge.

Aufhelfen

Eines Tages ging Jakob ins Feld, da sah er Magdalene vor einem Kleebündel stehen; sie hielt die Hand vor die Stirn gestemmt und schaute sich weit um nach jemand, der ihr aufhelfe. Jakob war es jetzt plötzlich, als ob sie einem Menschen ähnlich sehe, den er gern aus seiner Erinnerung verbannt hätte; er schüttelte den Kopf wie verneinend und ging vorbei; kaum war er aber einige Schritte gegangen, als er sich wieder umkehrte und fragte:

»Soll ich aufhelfen?«

»Ja, wenn's sein kann.«

Jakob hob Magdalenen die schwere Last auf den Kopf, dann reichte er ihr die Sense. Magdalene dankte nicht, aber sie blieb wie festgebannt stehen.

»Du hast ein schwere Traget, das hätt'st du nicht allein aufladen können«, sagte Jakob.

»Drum hab ich auch gewartet, bis einer kommt. Dazu ist es ja, daß mehr als ein Mensch auf der Welt ist, daß einer dem andern aufhilft. Man kann doppelt so viel tragen, wenn man sich nicht selber aufladen muß.«

»Du bist gescheit. Warum bist denn allfort so lustig und machst vor den Leuten Possen?« fragte Jakob.

»Narr, das ist Pfui-Kurasche«, erwiderte Magdalene. »Es kann's kein Mensch auf der Welt schlechter haben als ich: die halb Nacht am Backofen stehen und verbrennen, den Tag über kein ruhige Minut und nichts als Zank und Schelten, und wenn ich was nicht recht tu, da heißt's gleich: Du Zuchthäuslerin, du... Da ist kein Wort zu schlecht, das man nicht hören muß. Es ist kein Kleinigkeit, so einen Korb voll Brot zum Verkauf herumtragen, und oft kein Bissen im Magen haben. Wenn dein gut Meisterin, die Adlerwirtin, nicht wär, die mir allbot was zuschustert, die Kleider täten mir vom Leib abfallen. Ich weiß nicht, ich hab das noch keiner Menschenseel so gesagt; aber ich mein als, dir dürft ich's sagen, du mußt's wissen, wie's einem ums Herz ist. Ich bin nicht so aus dem Häusle, wie ich mich oft stell. Fortlaufen darf ich nicht, sonst heißt's gleich, die ist nichts nutz, und zu tot grämen mag ich mein jung Leben auch nicht, und... da bin ich halt lustig. Es gibt einem doch niemand was dazu, wenn man sich das Herz abdruckt; es laßt ein jedes das andere waten, wie's durchkommen mag. Ich weiß gewiß, es muß mir noch besser gehen. Ich bin vom Fegfeuer in die Höll kommen, es kann nicht ewig währen, ich muß einmal erlöst werden. Ich weiß nicht, warum mich unser Herrgott so hart straft; was ich tan hab, kann dem rechtschaffensten Mädle passieren. Ich mein als, ich muß für mein Mutter büßen, weil sie meinen Vater genommen hat.« – So schloß Magdalene lächelnd und trocknete sich große Tränen ab.

Jakob sagte: »Genug für jetzt. Du hast schwer auf dem Kopf, mach, daß du heim kommst. Vielleicht sehen wir uns ein andermal wieder, oder... heut abend, oder... morgen.«

Jakob ging rasch davon, als hätte er etwas Schlimmes begangen. Auch fürchtete er in der Tat auf freiem Felde mit Magdalenen gesehen zu werden; er kannte die Blicke und Worte der Menschen in ihrem Tugendstolze.

Jakob kehrte sich bald um und sah Magdalenen nach, bis sie zwischen den Gärten verschwand und man nur noch den Kleebündel zwischen den Hecken sich fortbewegen sah.

Bei der Arbeit beunruhigte ihn immer der Gedanke, welch ein Verbrechen wohl Magdalene begangen habe; er hätte sie gern ganz unschuldig gewußt, nicht um seinetwillen, gewiß nicht; nur um ihretwillen, damit sie so harmlos leben könne, wie es für sie paßte.

Jakob hatte sich vorgesetzt, fortan allein und getrennt von aller Welt sein Leben fortzuführen; er hatte nicht Freunde und nicht Verwandte auf dieser Welt. Er hatte einst gewaltsam eingegriffen in die gewohnte Ordnung oder Unordnung der Gesellschaft, und die Gesellschaft trennte ihn aus ihrer Mitte und gab ihn der Einsamkeit preis. So schmerzhaft auch diese Vereinsamung war, sie ward ihm jetzt fast eine liebe Gewohnheit. Zurückgekehrt in die Genossenschaft der Menschen, blieb er aus freien Stücken allein und frei, ließ sich von keinem Bande der Neigung und Vereinigung mehr fesseln. Jetzt schien es unverhofft über ihn zu kommen; er wehrte sich mit aller Macht dagegen. Er war nicht leichten Sinnes genug, um sich sorglos einem Verhältnisse hinzugeben; er gedachte alsbald des Endes. Das Leben hatte ihn gewitzigt.

Wie stürmten jetzt diese Gedanken, bald klarer, bald verworrener durch die Seele Jakobs. Das aber ist der Segen der schweren Leibesarbeit, daß sie die marternden Gedanken alsbald niederkämpft; das ist aber auch ihr uralter Fluch, daß sie nicht frei aufsteigen läßt in die Klarheit, um dort den Sieg zu holen. Wie viel tausend Gedanken ruhen gedrückt und verkrüppelt hinter der Stirn, die jetzt die schwierige Hand bedeckt; wie viel peinigende fliehen aber auch, wenn diese Hand sich regt. Jakob empfand beides.

Anfangs wollte Jakob den Entschluß fassen, nie mehr irgendein Wort mit Magdalene zu reden. Mit seiner früheren Bannformel »Sie geht dich nichts an« wollte er das Wogen seines Innern beschwichtigen; aber diese Formel war schon längst nicht mehr wahr, schon damals nicht, als er noch kein Wort mit Magdalene gesprochen hatte. Wendete er den Blick auch ab, wenn er an ihr vorbeiging; im Innern hegte er doch eine tiefe Teilnahme für sie.

Wie klug ist aber die stille Neigung, die sich vor sich selbst verhüllt! Jakob kam endlich mit sich überein, daß Magdalena seiner als Stütze bedürfe; er konnte sich ihr nicht entziehen. Sie hat ja selbst gesagt: Man trägt leicht eine doppelte Last, wenn ein anderer aufhilft.

Jakob gehörte der Welt wieder an. Er ließ sich freiwillig einfügen, freiwillig und doch von einer höheren Macht getrieben. Er fühlte sich frisch und kräftig bei diesem Entschlusse, denn er trat durch denselben wieder in den Einklang mit sich und der Welt. Das jedoch gelobte er sich hoch und heilig, daß er auf der Hut sein wolle; vor acht Tagen, mindestens aber vor Sonntag, das heißt vor übermorgen, wollte er Magdalene nicht sprechen.

Wie leicht aber wirft ein Mann den Liebesfunken in die Seele eines Mädchens und geht dann sorglos hin, sein selbst und des andern vergessend, während es dort weiter glimmt und zur Flamme auflodert.

Magdalene war nach Hause gegangen und ihr Angesicht lächelte. Sie hatte gar keinen Gedanken, es war ihr nur wohl; sie wußte nichts von der Last auf ihrem Kopfe. In der Scheune stand sie noch eine Weile so still, gleich als wollte sie die Stimmung noch festhalten, die jetzt in dieser Lage in ihr lebendig war; dann aber warf sie den Kleebündel weit vor sich hin, strich sich die Haare zurecht und ging an die Küchenarbeit. Das Belfern der Bäckenfrau fand heute gar keinen Widerpart, Magdalene war geduldig wie ein Lamm. Träumerisch sah sie in das lodernde Feuer und dachte an alles und an nichts. Einmal sprang sie plötzlich auf, wie wenn sie gerufen worden wäre, rannte die Treppe hinauf in ihre Schlafkammer, betrachtete mit Wohlgefallen ihre neue Haube mit dem hohen von schwarzem Felbel überzogenen Draht, auch das schöne weiße Goller mit den Hohlfalten probierte sie an, legte alles schnell wieder in die Truhe, schaute eine Minute in sich vergnügt zum Dachfenster hinaus nach dem blauen Himmel und eilte wieder, ebenso schnell, als sie gekommen war, zurück an den Herd.

Wie staunte sie aber, als Jakob am Abend und am andern Tage ohne Gruß an ihr vorüberging.

Mit Tränen in den Augen zog sie am Sonntag nachmittag das schöne Goller an und setzte die neue Haube auf; sie wischte hastig den halbblinden kleinen Spiegel ab, der allein die Schuld tragen sollte, daß man nicht recht sehen konnte.

Des Kindes Sühne

Lange saß Magdalene angekleidet auf der Truhe, die all ihre Habseligkeiten verschloß, dann aber ging sie hinab; die Treppe knarrte unter ihren schweren Tritten. Sie setzte sich auf die Staffel vor dem Hause und ließ ihre Gedanken spazieren gehen, sie selber wollte ruhen.

Nicht lange dauerte diese Ruhe. Jakob kam das Dorf herab, er grüßte sie und – ging vorüber. Jetzt ließ sie ihre Gedanken nicht mehr allein spazieren gehen, ihr ganzes Wesen folgte ihnen nach, und sie gingen mit Jakob. Dabei saß sie ruhig auf der Staffel. Kaum hörbar und ohne es selbst zu wissen, sang sie das Lied:

> Was hab ich denn meinem Feinsliebchen getan?
> Es geht ja vorüber und schaut mich nicht an?
> Es schlägt seine Äugelein wohl unter sich,
> Und hat einen andern viel lieber als mich.

Es paßte wohl nicht; wer aber weiß, wie die Regungen und Erinnerungen der Seele sich ineinander verschlingen? Wie oft läuft ein fremder Gedanke nebenher, während das Herz ganz erfüllt ist von dem Ereignis des Augenblicks!

Besser aber paßte ein anderer Vers, der nun auch folgte:

> Die stillen, stillen Wasser,
> Sie haben keinen Grund;
> Laß ab von deiner Liebe,
> Sie ist dir nicht gesund.

Der alte Metzgerle kam nun ebenfalls das Dorf herab. Magdalena fürchtete sich gerade jetzt vor seinen Späßen; sie ging schnell in das Haus und nahm ihren früheren Sitz erst wieder ein, als der Spaßvogel vorüber war.

Was läßt sich da nicht alles träumen an einem sonntäglichen Sommernachmittage!

Viel tausend Jünglinge und Jungfrauen treten zueinander, und ihr Schicksal beginnt erst von dem Augenblicke, da sich die Strahlen ihrer Augen ineinander schlingen; sie haben sich nichts zu berichten als harmlose, halbverschleierte Kindererinnerungen. Ihr Leben beginnt erst jetzt, es beginnt als ein gemeinsames, und selig! wenn es so endet.

Wie ganz anders diese beiden hier! Ein herbes Geschick lastet auf ihnen, und sie tragen seine unauslöschlichen Brandmale. Darum zittern und zagen sie und schleichen bang umher. Die Wunden müssen noch einmal aufgerissen werden vor den Augen des andern; sie quälen sich jetzt zwiefach, da sie vorahnen wollen, was den andern bedrückt, und doch kein Ziel finden.

Da kommt Jakob wieder denselben Weg, er muß um das ganze Dorf gegangen sein. Magdalena schaute nieder in den Schoß, aber sie sah doch Jakob immer näher kommen, und jetzt ging er langsamer, und jetzt sagte er halb vor sich hin:

»Heut abend nach dem Nachtläuten hinterm Schloßhag.«

Magdalena antwortete nicht; als sie aufschaute, war Jakob fort.

Wie glänzte jetzt ihr Angesicht voll Freude; sie wußte, daß er sie auch lieb habe. Bald aber ging das Trauern wieder an. »Was muß er nur von dir denken«, sprach sie zu sich, »daß er dir so gradaus befiehlt, wie wenn's so sein müßt. Nein, ich laß mir nicht befehlen, und ich bin kein so Mädle, das einem nachlauft. Nein, er soll rechtschaffen von mir denken. Du kannst lang warten, bis ich komm. Und noch dazu auf dem finstern Platz, wo's einem gruselt. Und was soll ich für eine Ausred nehmen? Ich bin noch nie nach dem Nachtläuten fort. Und er hätt wohl ein Weil dableiben können, daß man's besser ausgemacht hätt. Nein, ich will nicht. Zehn Gäul bringen mich nicht an den Schloßhag.«

»So ist's recht«, unterbrach jetzt der Metzgerle das nur in einzelnen Lauten vernehmbare Selbstgespräch, »so ist's recht, dein Räffele muß immer gehen; wenn niemand da ist, schwätzst du mit dir selber, da hast du schöne Gesellschaft.«

Bei diesen Worten setzte er sich hart neben Magdalena, sie aber gab ihm einen gewaltigen Stoß, daß er fast von der Staffel fiel. Sie zog den Schlüssel an der Haustüre ab und ging auch fort. Sie war heute gar nicht zum Scherzen aufgelegt.

Als es Abend zu werden begann, ward es Magdalena wieder bang zumute; es tat ihr doch weh, daß sie so fest beschlossen hatte, nicht nach dem Schloßhag zu gehen. »Er wird gewiß bös sein, und er hat recht; aber ich bin unschuldig, warum ist er so ungeschickt und...« So dachte sie wieder und stellte sich an die Haustüre; sie hatte keine Ruhe mehr zum Sitzen. Als die Abendglocke läutete, ging sie hinein und schaute nach den Hühnern, ob sie alle da wären. Richtig, die schöne schwarze Henne, die jeden Tag, den Gott gibt, ein Ei legt, die fehlt. Es ist jammerschad, nein, die muß gesucht werden, die muß wieder herbei. Alle Nachbarn werden gefragt, niemand weiß Auskunft; aber das Hennenfangerle haben viele heut hier vorbeigehen sehen. Sonst versteckten sich die Leute, die ihr Eigentum wiederhaben wollten, bei solchen Gelegenheiten in der Nähe vom Hause des Hennenfangerle, warteten auf seine Heimkunft und nahmen ihm die Beute wieder ab. Magdalena weiß aber auf andern Plätzen zu suchen: beim Rathause oder auf dem Schloßplatze – ja, auf dem Schloßplatze da ist sie gewiß. – Nichts kommt auf den Lockruf herbei. Dort unten ist der Schloßhag, und wie im Fluge ist Magdalena dort. Zehn Gäul bringen sie nicht an den Schloßhag, und jetzt war sie der verlorenen Spur einer Henne dahin gefolgt!

Niemand ist da. Magdalene steht ruhig am Zaune, sie hört das Summen und Schwirren in der Luft, das Zirpen des Heimchens in der Schloßmauer und wie es in der Brunnenstube quillt und quallt. Hinter des Schloßbauern Haus bellt der Hund, in der Ferne singen die Burschen, und ein »Juchhe« steigt wie eine Rakete in die Luft. Der Holunder duftet stark, Johanniswürmchen fliegen umher wie verspätete Sonnenfunken. Jenseits auf dem Hochdorfer Berge steht eine langgestreckte dunkle Wolke, Blitze zucken daraus hervor; das Wetter kann sich hier heraufziehen. Endlich – der Zaun geht auseinander, dort wo er mit dürren Dornen ausgeflickt ist; Jakob kommt hervor.

»Wartest schon lang?« fragte er.

»Nein... ich... ich hab mein schwarze Henn gesucht.«

Und nun erklärte Magdalene, wie sie eigentlich nicht habe kommen wollen, alles, was sie seit Mittag gedacht hatte, oder doch die Hauptsache, wie sie meinte. Jakob gab ihr recht und berichtete gleichfalls, wie ihm die Bestellung fast unwillkürlich aus dem Munde gekommen sei; er habe etwas sagen wollen, und da sei's so geworden.

Magdalene rollte ihre Schürze mit beiden Händen zusammen und sagte nach einer Weile:

»Drum wird's auch am gescheitsten sein, wir gehen jetzt gleich wieder. Und es ist auch wegen den Leuten.«

»Das wär eins«, erwiderte Jakob, »die Leut denken doch nichts Gutes, von dir nicht und von mir nicht. Jetzt sind wir einmal da, jetzt wollen wir auch ein bißle beieinander bleiben.«

Nun wurde beiderseits erzählt, wie man seit vorgestern gelebt. – Endlich fragte Jakob, indem er einen Zweig vom Zaune abriß, nach dem Schicksale Magdalenens.

Magdalene fuhr sich mit der Hand über das Gesicht, stützte dann die Wange auf die Hand und erzählte:

»Von meinen Eltern kann ich dir nicht viel berichten, sie sollen früher ein schönes Vermögen gehabt haben, von meiner Mutter her; sie sind aber zu viel von einem Ort in den andern zogen und auch durch sonst Sachen – seitdem ich halt denken mag, sind sie arm gewesen. Mein Mutter war früher an einen Vetter von meinem Vater verheiratet, und sie ist bald gestorben, und ich bin ins Waisenhaus kommen, weil mein Vater sich gar nichts um mich kümmert hat. Ich bin zu dem Schullehrer in Hallfeld tan worden. Ich kann's nicht anders sagen, ich hab's gut gehabt; er ist ein grundguter Mann, sie ist ein bißle scharf, aber das war mir gesund, ich bin ein Wildfang gewesen. Mein Vater ist auch all Jahr ein paarmal kommen, und der Schullehrer hat ihm zu essen geben und hat ihn geehrt, wie wenn's ein Anverwandter wär. Der Lehrer hat mich allfort ermahnt, ich soll meinen Vater ja nicht vergessen und soll ihm gut sein; und auf Neujahr hab ich ihm allemal einen schönen Brief schreiben müssen und hab ihm als ein paar Strümpf geschickt. Der Lehrer hat die Woll dazu aus seinem Sack bezahlt. Wie ich vierzehn Jahr alt worden bin, hab ich einen guten Dienst kriegt in der Stadt als Kindsmädchen; da war ich drei Jahr. Ich hätt ein schön Geld verdient, wenn nicht all paar Wochen mein Vater dagewesen wär, und da hab ich ihm alles geben müssen, was ich gehabt hab. Wenn ich nicht Kleider geschenkt bekommen hätt, ich hätte mir keine anschaffen können. Da sind die zwei jüngsten Kinder an der Ruhr gestorben, und ich war überzählig im Haus. Die Leut haben mich aber gern gehabt und haben mich das Kochen lernen lassen, und da hab ich einen prächtigen Dienst bekommen bei dem Doktor Heister. Ich bin doch mein Lebtag unter fremden Leuten gewesen, und es ist mir nichts zu schwer, aber da war ich wie im Himmel. Wenn man so in ein fremd Haus kommt in Dienst: man kennt die Leut nicht, man schafft sich ab und weiß nicht ob man's recht macht, und wenn man der Herrschaft was Besonderes tun will, kann man grad einen Unschick machen. Bei dem Heister aber da war alles gut. Es ist mir oft gewesen, wie wenn ich das Haus so eingerichtet hätt, und alles war so hell und so schön wie geblasen und mein Küch wie eine Kapelle. Der Doktor und seine Frau waren zwei einzige Leut und keine Kinder, und da war noch ein Bedienter neben mir und alle Samstag eine Putzerin, und wir haben außerm Haus gewaschen.«

»Mach's ein bißle kürzer, zu was brauch ich das alles wissen?« drängte Jakob.

»Ja, das gehört alles dazu, paß nur auf. Nun ist mein Vater auch alle paar Wochen wiederkommen, und jetzt hab ich ihm selber können zu essen geben bis genug, und mein Herrschaft hat ihm als ein Glas Wein rausgeschickt. Der Herr Doktor hat aber bald gemerkt, was mein Vater will und wie's mit ihm steht, und da hat er mir's einmal vorgehalten und hat gesagt, daß er die Sach ändern will, und da hab ich gesagt: ›Wie's der Herr Doktor machen, wird's gut sein.‹ Von dem an hab ich keinen Lohn mehr bekommen, und die Trinkgelder hab ich auch abliefern müssen, und das ist alles auf die Sparkasse tragen worden, und ich hab das Büchle bekommen, da steht alles drin. Nun ist der Herr Doktor verreist, weit bis nach Rußland zu, für ein Waisenkind, das sie um sein Vermögen betrügen wollen. Er ist ein Vater der Witwen und Waisen. Nun, das hab ich vergessen: Der Bediente, der neben mir war, das war ein wüster Mensch; der hätt mich schon lang gern fortgedrückt, weil ich nichts von ihm gewollt hab. Er hat gewiß auch die Geldroll gestohlen, die von des Herrn Tisch wegkommen ist, mit fünfundsiebzig Gulden drin. Nun, wie der Herr fort war, da ist gleich den andern Tag mein Vater da, wie wenn's ihm ein Vöglein pfiffen hätt. Selben Tag haben wir Fremde gehabt, den Bruder von der Frau und noch andere Gäste. Ich steh nun grad am Spülstein und wasch das Silber, da kommt mein Vater her und sagt: ›Gib mir Geld.‹ Ich sag, ich kann nicht, und da seh ich, wie er zwei Löffel nimmt und will sie einstecken; ich halt ihm sein Hand und ring mit ihm, er ist stärker als ich. Der Bediente kommt eben und bringt das Kaffeegeschirr, ich will keinen Lärm machen, und fort ist mein Vater. Ich renn ihm nach bis an die Eck, ich seh ihn noch, und jetzt verschwindet er; ich kann in dem Aufzug, wie ich geh, nicht durch die Straßen, und daheim ist alles offen, und das Silber steht in der Küch. Ich renn heim und stoß das Blech am Gußstein naus und sag: da sind mir zwei Löffel nunter, und ich will sie mir am Lohn abziehen lassen. Der Bediente läßt den Abguß aufbrechen, man findet aber keine Löffel. Ich sag, ich weiß nicht, wo sie hinkommen sind, und da, da hat mein Unglück angefangen. Der Bediente hat's schnell auf der Polizei anzeigt, er hat sich rein machen wollen wegen der Geldroll, und nach zwei Tagen sind die Löffel wiederkommen, und der Silberarbeiter hat genau angeben, daß er sie von meinem Vater kauft hat. Wenn man einmal ins Lügen neinkommt, da ist's grad, wie wenn man einen Berg runterspringt; man kann sich nicht mehr halten. Der Bediente hat alles angezettelt gehabt. Die gut Frau Doktorin hätt die Sach gern vertuscht, aber es ist nicht mehr angangen; die Sach hat einmal den Lauf bei den Gerichten. Ich steh in der Küch, und da kommen zwei Polizeidiener, ich muß mit ihnen nauf in mein Kammer und muß mein Kist aufmachen, und krusten sie drin rum und reißen alles raus und tun, wie wenn's lauter Lumpen wären, und jetzt muß ich mit ihnen ins Kriminal. Ich weiß bis auf diese Stunde nicht, warum ich nicht gestorben bin vor Kummer und Schand. Gestern hab ich wegen meinem Küchenkleid meinem Vater nicht nachspringen wollen; hätt ich's nur tan, so bräucht ich mich jetzt nicht so da führen lassen. Du lieber Gott, wie ist mir's da gewesen! Ich hab gemeint, alle Leut, die mich ansehen, hängen sich an meine Kleider, und es war mir so schwer und doch bin ich fortkommen, und ich hab mir das Gesicht zugehalten, und doch hab ich gesehen, wie alle Leute stehen bleiben und nach mir umschauen und dann wieder ruhig fortgehen, und der und jener hat gefragt: ›Was hat sie tan?‹ – So hab ich die Menschen zum letztenmal gesehen, die frei rumlaufen dürfen. Was geht sie ein armes Mädchen an, das von Polizeidienern geführt wird? Was soll ich dir viel von meinem Gefängnis erzählen? Sie haben von mir wissen wollen, wo die Fünfundsiebzig-Gulden-Roll ist; ich hab hoch und heilig geschworen, daß ich nichts davon weiß, aber sie haben mir nichts glaubt. Die Löffel hab ich eingestanden. Hätt ich sollen meinen Vater ins Unglück bringen? Ich hab ihm ja jed Neujahr geschrieben, daß ich ihm mein Leben verdank und daß ich's ihm auch opfern will, wenn's nötig ist. Und ich hab mir auch Vorwürf gemacht, daß ich mein Geld auf Zinsen gelegt hab, und mein Vater hat derweil Not gelitten. Kurzum, ich bin ins Spinnhaus kommen.«

So hatte Magdalene erzählt, und die beiden waren lange still, bis Jakob fragte:

»Wo ist denn jetzt dein Vater?«

»Ich weiß es nicht.«

Jakob faßte ihre Hand, ein doppelzackiger Blitz leuchtete von jenseits, und Jakob sagte:

»Du hast s gut, du bist unschuldig, aber ich – mein Geschicht ist ganz anders.«

»Das schad't nichts«, erwiderte Magdalene, »du hast dafür büßt, und ich seh dir's an den Augen ab, du hast doch ein gut Gemüt.«

Wiederum leuchtete es hell von jenseits und hell aus den Augen der beiden. Das war ein grelles, seltsames Licht, mit dem der Blitz über die Angesichter der beiden streifte; sie schauten sich an und standen wie in glühroten Flammen; und doch war es im selben Augenblicke wieder fahl und grünlichweiß, totenartig. Sie drückten die Augen zu. Jakob umarmte Magdalene und preßte sie fest an sich.

»Du bist ein prächtig Mädle, wenn ich nur ein anderer Bursch wär!« stöhnte Jakob.

»Es ist schon spät, und ich muß gehen«, sagte Magdalene, »und ich hab' mein Henn doch nicht gefunden.«

»Ja«, sagte Jakob, »schlaf wohl, und wir sehen uns schon mehr und... hab Geduld mit mir. Gut Nacht.«

Er schlüpfte jetzt nicht mehr mühselig durch die Lücke des Zauns, er sprang behend über den ganzen weg. Magdalene ging still sinnend heimwärts; sie vergaß, ihrer Henne zu locken.

Am andern Morgen fand sich die schwarze Henne bei den Kühen im Stall eingesperrt. Es ist nicht bekannt, wie sie dahin gekommen und ob jemand davon gewußt.

Eine erste Liebe und eine zweite

Wonnig schaute Magdalene andern Morgens zum Fenster hinaus, der Himmel war so schön blau, sie hätte hineinfliegen mögen, so leicht war's ihr. Die Luft war frisch und klar, auf dem Nußbaum in des Jakoben Garten glitzerten die Tropfen; es hatte heute nacht stark gewittert. Magdalene hatte den Sturm und das Gewitter verschlafen. Träumerisch hörte sie dem Buchfinken auf der Dachfirste gegenüber zu, der auch schon so früh auf war und schon was zu singen hatte; sie wollte ihn nachahmen und necken, verstand es aber nicht. Sie ging an die Arbeit und sang beim Holzhereintragen, im Stall und in der Küche, bis die Bäckenfrau durch das Schiebfensterchen rief, sie solle still sein, man könne ja nicht schlafen. Sie war still, aber innerlich war sie den ganzen Tag voll Jubel und Seligkeit; es kam ihr immer vor, als ob heut nochmals Sonntag sein müßte. Auf dem Speicher und in der Küche faltete sie oft die Hände und drückte sie fest aufeinander; sie sprach kein Wort, aber ihre ganze Seele war ein Gebet voll Dank und Liebe. Jetzt eilt sie hinauf in ihre Kammer, aber sie sieht nicht mehr nach der schönen Haube und dem weißen Goller, sondern nach ihrem Sparbüchlein, das ihr Doktor Heister freigemacht hatte. Sie drückt das Büchlein ans Herz und liest darin: Sie hat mehr als hundert Gulden ausstehen und das schon bald vier Jahre. Sie kann gut kopfrechnen, kann aber doch die Zinsen nicht vollständig herausbringen, weil noch etwas am Jahr fehlt und das Geld auch nach und nach eingelegt wurde. Es ist zwar eine Zinsenberechnung beigedruckt, aber da kann man jetzt nicht draus klug werden. Sie überlegt, ob es nicht besser sei, wenn sie das Büchlein Jakob zur Aufbewahrung gebe; ein Mann kann eher darauf acht haben. Es wird ihr auf einmal angst und bang, das Büchlein könne abhanden kommen; sie legt es zuunterst der Truhe und verschließt sie sorgfältig. Sie überlegt, was man mit dem Gelde anfange. Ein Äckerchen zu kaufen, dafür langt's nicht und trägt's nicht genug; ja, das ist's: Ein gutes Pferd und ein Wägelchen, das kriegt man dafür. Jakob kann gut mit dem Fuhrwerk umgehen, er fährt all Woch zweimal als Bote nach der Hauptstadt und hat einen schönen Verdienst. Freilich, das ist dumm, daß er so viel von Haus weg ist, aber es geht nicht anders, und er kommt ja wieder und die Freud ist um so größer.

Mit einem Wort, es war Magdalenen »wieseleswohl«.

Jakob war auch schon früh auf, er spannte einem Frachtfuhrmann vor. Er war heute auf dem Wege wieder sehr wortkarg, ging immer neben seinem Pferde und wehrte ihm die Bremsen ab. Da lächelte er einmal halb schmerzlich vor sich hin, denn er dachte: »Ich bin auch so ein Gaul, der im heißen Sommer den Frachtwagen ziehen muß und an den sich noch obendrein die Bremsen hängen, ihn stechen und plagen und ihm das Blut aussaugen.« – Während er so dachte, hatte er vergessen, auf das Tier zu achten, das nun von den fliegenden Quälern wie übersät war.

Oben an der Steige im Walde wurde haltgemacht. Jakob spannte sein Pferd ab. Der nächtige Sturm hatte hier tapfer gerast. Drinnen bei den Menschenkindern in ihren festgezimmerten Behausungen, da weiß er nichts zu fassen, und er packt nur im Mutwillen einen losen Fensterladen und klopft an, die Schläfer gemahnend, daß er wache. Draußen aber, da ist sein Reich. Er läßt das Korn aufwogen, eilt rasch fort nach dem Walde, weckt die schlafenden Bäume, daß sie rauschen und brausen wie das ewige Meer, von dannen er kommt, daß die sangfertigen Kehlen der Bewohner der Lüfte verstummen und denen gleich seien, die in der Tiefe der Wellen hausen; denn ein einziger vom Unsichtbaren ausgehender Odem beherrscht alles.

Das muß ein lustig Leben hier gewesen sein! Und wie dann der Sturm entflohen war und die segenbringende Wolke alles Leben erquickte! Darum jubilieren auch die Vögel so lustig in den Zweigen, und die Lerche steigt, auf sich selbst ruhend, hoch auf, gleich einem Gebete.

Dem alten Eichbaum am Wege, dessen Wurzeln gleich einer mächtig ausgebreiteten Riesentatze sich in die Erde graben, ist ein schöner junger Ast abgeknackt worden. Solch junger Nachwuchs taugt nicht mehr für den knorrigen Alten, das hat ihn der Sturm gelehrt. Auf dem Stumpfe des geknickten schlanken Astes sitzt ein Buchfink und singt fröhlich in den Morgen hinein; er lockt wohl seinen Gefährten. Ist es vielleicht der drinnen im Dorf auf der Dachfirste?

Jakob war schon sehr müde, sitzlings kehrte er auf seinem Pferde heimwärts. Im Vorbeireiten riß er sich ein Birkenblatt vom Baume, legte es zwischen die Lippen, und nun merkte man erst, wie vielerlei Weisen, lustige und traurige, Jakob im Kopfe hatte. Der Ton, den er durch das »Blätteln« hervorbrachte, glich dem eines schrillen Instrumentes, nur entfernt mit einem hochgezwängten Klarinettenton zu vergleichen; dabei war er aber der leisesten und zartesten Biegungen fähig. Besonders künstlich war, wie Jakob den Klang des Posthorns mit seinem eigentümlichen Zittern nachahmte.

Seitdem Jakob in das Dorf gekommen, war dies zum ersten Mal, daß er etwas von seinem Melodienschatze preisgab. Im Innern war es ihm aber gar nicht »singerig« zumut. Er machte sich grausame Vorwürfe über sein gestriges Benehmen, er ist weiter gegangen, als er wollte; er hat ein fremdes Leben an sich geschlossen, und doch ist ihm sein eigenes zur Last. Er sieht Qual und Kummer von neuem über sich kommen. Er gedenkt einer Vergangenheit – das Blatt entfällt seinem Munde, er fängt es aber noch glücklich mit der Hand auf und blättelt weiter. Er kam sich jetzt doppelt verächtlich vor, da er so hülflos und verlassen ein so herrliches Mädchen mit Gewalt von sich stoßen mußte. Und doch muß es so sein – das war der Schluß seiner Überlegungen.

Als er heimkam, bemerkte er, daß er das »Zielscheit« verloren hatte. Er rannte nun nochmals den Weg hin und zurück, für den er vorhin zum einmaligen Gehen zu müde war; aber vergebens, er fand das Verlorne nicht wieder. Alles, was er heute unternahm, ging ihm »hinterfür«, und selbst die Tiere waren wie verhext. Er trat den Braunen mit den Füßen, weil er sich nicht alsbald schirrgerecht an die Deichsel gestellt hatte; heute zum ersten Mal wurde er von Konrad tüchtig ausgezankt. Jakob ließ sich's aber nicht gefallen, sondern erwiderte scharf und bestimmt: der Adlerwirt könne ihn ja auf Michaeli fortschicken, oder morgen oder gleich heut, es sei ihm alles eins. Konrad schwieg, denn so arg hatte er's nicht gemeint.

So sind aber die Menschen, sowohl die, welche man Herren heißt, als auch die, welche wirklich Knechte genannt werden. Wenn ihnen etwas quer gegangen ist und sie in Verstimmung bringt, da zerren und reißen sie an allen Banden, die sie mit anderen verknüpfen; sie wollen noch unglücklicher, sie wollen losgetrennt und allein sein, damit niemand die Befugnis habe, sie ins Klare zu bringen, weil sie nur im Unklaren zu ihrer Verstimmung berechtigt sind.

Jakob wäre es noch besonders lieb gewesen, wenn ihn sein Herr beim Worte genommen hätte; er selber wollte nichts dazu tun, aber eine fremde Gewalt sollte ihn fortdrängen aus allen seinen jetzigen Verhältnissen, aus all dem Wirrwarr, den er hereinbrechen sah.

Jakob war sehr unglücklich. Ein Schauer überkam ihn, voll süßer Wehmut, wenn er an Magdalene dachte; sie konnte ihm sein Leben wieder aufhellen, und doch war auch sie gebrandmarkt, vor den Augen der Welt wenigstens. Sie waren beide arm – was sollte daraus werden? Er überlegte nun, daß er eigentlich noch gar keine Verpflichtung gegen Magdalene habe, alles war noch zu trennen; um dieses vollends zu bewirken, wollte er ihr berichten, wer er sei.

Mit diesem Vorsatze ging er den andern Abend zu Magdalene in die Scheune, wo sie kurz Futter schnitt. Sie setzten sich auf einen Kleebündel, und Jakob erzählte:

»Ich hab kein Jugend gehabt, ich kann dir nichts davon erzählen. Not und Elend macht vor der Zeit alt. Ich bin ein vaterloses Kind. Weißt du, was man da auszustehen hat? Von den Alten und von den Jungen? Der Schullehrer hat einen seinesgleichen aus mir machen wollen, ich will aber nicht. Eine Viertelstund von meinem Ort, da ist die Post, da war ich immer und hab geholfen. Ich hab zu essen bekommen, und die Reisenden haben mir auch oft was geben; ich hab aber nie einen angesprochen. Ich närrischer Bub hab gemeint, es kommt einmal ein König mit einer goldenen Kron auf, und der nimmt mich mit und macht mich glücklich. Ich hab allerlei dumme Geschichten im Kopfe gehabt und hab auch gemeint, der müss' kommen von dem mein Mutter nicht gern spricht und hab allen Menschen in die Augen gesehen. – Fort, es ist jetzt alles vorbei... Wie ich vierzehn Jahre alt war, hab ich das Postkärrele bekommen, und was meinst, wie wohl mir's war, wie ich den gelben Rock hab anziehen dürfen und den Glanzhut aufsetzen? Das war die glücklichste Zeit, die ich in meinem Leben gehabt hab. Hurra! Wie bin ich dahin gefahren auf meinem zweirädrigen Kärrele, ich war allein und hab selber kutschiert, jetzt war ich König. Mein Herr hat mich einmal geschlagen, weil der Gaul gefallen ist und hat sich beide Vorderfüß aufgeschürft. Am nächsten Ziel bin ich fort und bin Kutscher in der Stadt geworden.

Nach zwei Jahren bin ich fort. Warum? das gehört nicht daher. Ich bin nun Postillon in R. geworden. Jetzt war mir's erst wieder wohl. Mein Posthörnle, das war mein Freud. Ich hab manches Trinkgeld über die Taxe von den Reisenden bekommen, weil's ihnen gar wohl gefallen hat. Wenn ich nachts durch den Wald heimgeritten bin, da war mir's, wie wenn die Bäum sagen täten: Fang jetzt einmal an, spiel einmal eins auf, wir warten schon lang. Und da hab ich viel besser geblasen, als ich's eigentlich kann, und die Bäum haben sich selber vor Freude geschüttelt im Mondlicht, und der Wald hat selber zu blasen angefangen, und ich hab nicht mehr aufhören können, und eins hat das andere nicht ruhen lassen, und es war mir, wie wenn ich mein Leben lang, hundert Jahr so fortreiten sollt, und mein Gäul sind so still und fromm dahingangen, und ich selber war fromm und lustig und alles war prächtig.«

Jakob hielt eine Weile inne, biß scharf auf die Lippen, dann fuhr er fort:

»Ich bin jetzt nur noch der halb Kerle, der ich war. Ich darf's jetzt schon sagen, ich bin's ja nicht mehr, ich war ein ganzer Bursch. Die ganz Welt hat mich liebgehabt, und ich hab sie wieder liebgehabt; ich hab nicht gewußt, was Kummer ist, und alles hat mir freundlich gelacht, wenn ich's angesehen hab. Es ist vorbei... Mein Unglück hat in dem Haus schräg gegenüber von der Post gewohnt und das war die Frau von dem Kupferschmied, und die allein hat nicht gelacht und hat die Augen niedergeschlagen, wenn sie mich gesehen hat. Was ist da viel zu sagen? Wir haben einander gern bekommen. Jetzt war ich im Fegfeuer, und ich hab Tag und Nacht kein Ruh mehr gehabt. Guck, wenn unser Herrgott einen mit der siebenten Höll strafen will, da soll er ihn nur in eine Ehefrau verliebt machen. Ist man brav, da möcht man verbrennen; ist man nicht brav, da hat einen der Teufel und sein Großmutter am Bändel und läßt einen nicht ruhen und nicht rasten und gunnt einem kein fröhliche Minut. Wenn ein Bursch eine Ehefrau gern hat, sollt er sich nur gleich einen Stein um den Hals hängen und sich ins Wasser schmeißen, wo's am tiefsten ist. Oder ein guter Freund sollt's ihm tun, wenn er selber nicht will. Es gibt kein ander Rettungsmittel. Die Kupferschmiedin war siebzehn Jahr alt, wie sie geheiratet hat. Sie hat damals noch nicht gewußt, was das zu bedeuten hat; sie hat's zu spät erfahren. Der Kupferschmied war ein schlechter Gesell und hat sein Freud dran gehabt, sie zu peinigen. Er ist fast den ganzen Tag bei uns in der Wirtsstub gesessen und hat da gelumpt. Einmal hör ich, wie er zum Doktor sagt: ›Doktor, könnet Ihr mir nicht helfen? Mein Frau liegt mir nicht recht und steht mir nicht recht.‹ ›Warum? wo fehlts?‹ fragt der Doktor, und der Schmied sagt: ›Sie sollt halt auf dem Kirchhof liegen und im Kirchenbuch stehen.‹ Alles hat gelacht, ich wär gern hin und hätt ihm den Kragen rumgedreht. Er muß mir so was angesehen haben und nimmt einen harten Taler aus der Tasch, wirft ihn auf den Tisch und sagt: ›Jakob, den kriegst du zum Trinkgeld, wenn du mir mein Weib abnimmst.‹ Ich hab Angst vor mir selber bekommen, ich hab nichts sagen können und bin naus in den Stall und hab mir gewünscht, wenn ich nur ein Gaul wär oder gestorben. Ich hab mir heilig vorgenommen, gar nicht mehr nach der Kupferschmiedin umzuschauen; aber es ist nicht gangen. Am Sonntag drauf kommt gegen Abend eine Extrapost, ich spann an und fahr mit fort. Es waren zwei prächtige Leutle drin, ein junges Ehepaar, und die haben sich so gern gehabt, und sie hat immer gewollt, er soll rauchen, und er hat gesagt, es sei ihm so feierlich zumut, er könn jetzt nicht; und da haben sie die Handschuh auszogen und haben sich die Hand geben, und er hat ihre Hand an den Backen gehalten, und sie sind still gewesen. – Ich hab schon seit vielen Tagen nichts weiter als das Signal blasen, und jetzt war mir's, wie wenn mir einer das Posthorn an den Mund legt', und ich hab aufgespielt, daß es eine Art gehabt hat, und wie ich absetz, haben die beiden Eheleut in die Händ klascht und haben sich nachher küßt. Wie wir den Berg oben sind und die Sonn ist drüben so schön untergangen, da sagt er wieder: ich soll noch ein Stückle blasen, und ich hab's getan und hab nicht mehr aufgehört, bis wir auf der Station waren, und da hab ich einen harten Kronentaler Trinkgeld bekommen. Ich füttre nun und mach mich auf den Heimweg, die beiden Leutle grüßen noch zum Fenster heraus, und sie ist noch schöner ohne Hut. Ich bin fast immer die Steig hinauf neben meinen Gäul gangen, aber heut waren mir die Stiefel wie Zentnerstein an den Füßen. Es war mir, wie wenn ich im tiefen Wasser ging'; ich hab mich nicht regen können. Mein Sattelgaul guckt mich verwundert an, wie ich jetzt schon aufsteig. In Steinsfeld ist Kirchweih. Ich bind meine Gäul am Haus an und geh auch nauf zum Tanz. Der Kupferschmied ist auch da und tut wie ein lediger Bursch; ich hab mich aber nicht viel um ihn bekümmert und hab mich in eine andere Stub gesetzt. Heut zum ersten Mal hab ich's gespürt, daß ich viel geblasen hab, ein Schoppen langt nicht; ich trink mehr, ich hab ja auch mehr als dreifaches Trinkgeld. Jetzt bin ich grausam traurig geworden. Da sind die Burschen alle, und jeder hat seinen Schatz, und jeder darf ihn zeigen, und ich – ich hätt mir gern ins Gesicht geschlagen. Ich hab mein Schicksal verflucht und hab mir vorgenommen, die Sach zu ändern und wenn ich meinen Dienst aufgeben muß. Es ist schon gegen zwölfe, wie ich heim reit, und die Bäum am Weg haben tanzt, und die Stern haben mich wie zum Spott anblinzelt, und ich hab an die beiden Eheleute dacht und an daheim und an alles, und der Kopf hat mir geturmelt, und mein Horn hat auch den Teufel im Leib und will nimmer. Wie ich in den Wald komm, da geht der Kupferschmied am Weg; ich nehm mein Peitsch und tu ein Fitzerle nach ihm, nur zum Spaß, er aber schimpft, was er vermag, und geht auf mich los. Ich runter, ihn tüchtig durchklopfen und in den Graben schmeißen: das war alles eins.

Meine Gäul, die sonst ruhig stehen bleiben wie die Lämmer, waren davongegangen, ich muß ihnen schnell nach und hol sie richtig ein, dort wo's wieder den ›Stich‹ hinaufgeht. Tags darauf hör ich, daß der Kupferschmied krank im Bett liegt, er sei auf einen Stein gefallen und sei die ganze Nacht mit den Füßen im Wasser gelegen. Jetzt ist mir's doch bang worden und ich hab dacht, das wär nun die best Zeit, um auf und davon zu gehen; aber der Teufel hat mich am Narrenseil gehabt und hat mir allerlei vorgemacht. Der Schmied hat scheint's die Sach von Anfang nicht bekennen wollen. Samstag morgens hat mich der Schütz und ein Landjäger aus dem Bett geholt, und sie haben mich auf den Turm gesperrt. Ich sag nichts davon, wie mir's da gewesen ist. Der Torwart hat mir gesagt, der Schmied läg am Sterben. Wie ich nun so jeden Tag gehört hab, wie's geht, einmal schlimmer, einmal besser – du kannst dir nicht vorstellen, wie mir's da ums Herz war. Im Gefängnis hab' ich geweint wie ein Kind, und vor dem Richter war ich stolz und hab alles geleugnet. Er war gar scharf. Ich hab in der Nacht kein Aug zutun können, und wenn ich ja hab schlafen wollen, da bin ich wieder aufgewacht; um zwei Uhr da kommt der Postwagen grad durch das Tor, wo ich drauf sitz, den hab ich geführt, und jetzt war mir's allemal, wie wenn mir der Wagen über den Leib wegging', so hat mich's geschnitten, und der weiße Spitzhund hinten auf dem Packkasten hat bellt und hat mich ausgelacht. Nach vier Wochen ist der Schmied gestorben, wie sie sagen an der schleichenden Hirnentzündung. Jetzt hätte ich's gern eingestanden, ich kann aber nicht mehr, ich bin sonst verloren, und der Richter war fuchsteufelswild. Jetzt kommt das Ärgste« – sagte Jakob und baute beide Fäuste – »ich hab Prügel bekommen. Was ich da dacht hab, wie ich dagelegen bin und die ganz Welt hat auf mich losgeschlagen – unser Herrgott wird mir's verzeihen, aber die Welt wenn ich hätt anzünden können, ich hätt's tan. Und wenn sie mir das Paradies schenken, ich kann nicht mehr froh sein, solang ich unter Menschen bin.« –

Jakob war still, sein Atem ging rasch; Magdalene strich ihm mit der Hand über die Stirn und er fuhr fort:

»Ich hab alles eingestanden, mehr als ich tan hab, ich hab wollen köpft sein; nur fort, nur schnell. Kurzum, weil ich trunken gehabt hab und auch sonst noch, ich weiß nicht warum, hab ich nur fünf Jahr Zuchthaus kriegt. Ich bin da jahrelang allein gesessen. Was meinst, was einem da in Kopf kommt, wenn man keinen Menschen sieht und hört und spricht? Ich muß einen festen Hirnkasten haben, daß er nicht versprungen ist.

Siehst du, so bin ich. Ich hab einen Menschen aus dem Leben geschafft, hab kein Freud mehr an der Welt, hab niemand mehr gern, mag nicht mehr. Ich bitt dich«, fuhr er fort, die Hand Magdalenens fassend, »ich bitt dich, laß du mich auch; wer mich anrührt, hat Unglück.«

Magdalene saß lange still, endlich fragte sie: »Wie geht's denn der Schmiedin? weißt nicht?«

»Freilich. Sie hat schon lang wieder geheiratet, den Bachmüller; sie war eine Scheinheilige, ich hab böse Sachen erfahren.«

»Es ist dir doch recht schlecht gangen«, begann Magdalene wieder, »aber du bist doch gut, und es wird dir gewiß auch noch gut gehn.« Sie konnte vor Weinen nicht weiter reden.

Plötzlich stand Jakob straff auf. Es war ihm zumute, als ob er eine große Last abgelegt hätte; er fühlte sich so leicht und frei.

»Und wenn mir's gut geht, so mußt du auch dabei sein«, sagte er mit einer ganz andern Stimme als bisher. Er hob Magdalene in seinen Armen empor und trug sie wie ein Kind umher; endlich gab er ihren Bitten nach und ließ sie herunter.

Als sie auf dem Boden stand, sagte sie: »Nein, ich möcht dich auf den Händen tragen, damit du alles vergissest; gib nur acht, es wird schon.«

Jetzt erst waren die beiden selig.

Von nun an scheute sich auch Jakob nicht mehr, vor aller Augen mit Magdalene zu sprechen und sie zu besuchen.

Besonders oft standen sie hinter dem Hause beim Backofen. Das Verhältnis der beiden Sträflinge reizte aber die Spottlust im Dorfe. Als sie eines Abends so beisammen standen, hörten sie die Burschen nicht weit davon singen:

> Und des Hudelmanns Tochter
> Und des Bettelbuben Jung,
> Die tanzen miteinander
> Im Holdergäßle rum.

> Der Hudelmann steht daneben
> Und lacht überlaut:
> Der Herr sei gelobet,
> Meine Tochter ist Braut.

Das erste Gefühl Jakobs, als er diesen Sang hörte, war nicht Zorn, sondern Trauer über die Menschen; so sehr hatte er sich geändert.

Nach wenigen Tagen hatte auch die Spottlust ihr Genüge; und man ließ die beiden Liebenden ungekränkt.

Jakob hätte nun gern etwas Großes, etwas Gewaltiges getan, um seine Wiedergeburt, seine Rechtschaffenheit zu betätigen und das Glück zu erringen. Aber wo war ein Raum für ihn? Er arbeitete für zwei Mann, aber was nützte das? Er konnte jahrelang arbeiten, pünktlich und gewissenhaft sein; ein einziger Fehler zerstörte wieder alles, frischte das Brandmal wieder auf, das durch eine einzige Tat seinem Leben aufgedrückt und nie zu tilgen war, weder aus seinem Gedächtnisse noch aus dem der Menschen.

Er stand wieder einmal oben auf dem Berge und sah den abgeknickten Ast an der Eiche, der jetzt verdorrt war. Im Innern Jakobs sprach es. »Wie viel Jahre braucht so ein Ast, um zu wachsen, und ein einziger Sturmwind, ein einziger Axthieb knackt ihn in einem Augenblick ab... Was tut's? Wenn nur der Stamm gesund bleibt, der Saft strömt der Krone zu.«

Eine unwandelbare Zuversicht lebte in Jakob. Er trauerte wohl noch oft, es waren die Nachschauer eines langen Gewitters; die Sonne stand schon hoch und hell am Himmel.

Einen Schmerz aber konnte Jakob nicht verwinden, ohne ihn Magdalene mitzuteilen. Er fragte sie nach ihrem Vater, sie wußte nichts von ihm.

»Guck«, sagte er dann, »es ist jetzt kein Red mehr davon, daß wir voneinander lassen; aber tief tut mir's weh, daß wir so allein stehen, gar keine Familie haben. Ich hab mir früher als dacht, wenn ich einmal heirat, da möcht ich in eine große Familie hinein. So ein alter Schwiegervater und eine dicke Schwiegermutter und recht viel Schwäger und Schwägerinnen und Vaters Brüder und Schwestern und so alles, das muß prächtig sein. Und wenn's auch arme Leut sind, die einem nicht aufhelfen können und einem auf dem Hals liegen, man hat doch recht viel Menschen, die einem angehören und einem doch beistehen können in allen Sachen. So ohne Familie ist man wie ein Baum auf einem Berg, der steht allein und verlassen; wenn ein Wind kommt, packt er ihn von allen Seiten und läßt ihm lang keine Ruh. In einer Familie aber ist man wie in einem Wald; kommt auch ein Sturm, so hält man's miteinander aus und man hält zusammen. Was meinst du dazu? Hab ich recht?«

»Freilich«, seufzte Magdalene, »aber alle Menschen sind ja verwandt miteinander, wenn man's auch nicht so heißt, und... und... ich weiß nicht, wie ich's sagen soll: Die rechte Lieb ist doch, die man zu Leut hat, die nicht verwandt heißen; das ist viel mehr. Und glaub mir, ich hab mein Lebtag die Guttaten der Menschen genossen; es gibt viele, die noch alle gern haben, mehr als Verwandte; denk nur an den Schullehrer und an den Doktor Heister und an alle, die so sind, und das ist unser Familie, und die ist groß.«

Eine Nacht im Freien

Es geht ein tiefes Wehe durch das Herz der Menschheit, daß es erzittert in namenlosen Schauern. Es ist kein Mensch auf Erden, der das Heiligtum seines Wesens rein und frei und ganz hinwegtrüge über diese kurze Spanne Zeit. Abfall und Schmerz ist sein Los und aus ihnen steigt er auf, ringt nach Wiedervereinigung, nach seligem Leben. Das Menschentum wird aus Schmerzen geboren. Muß das sein? Sollen wir nicht auf den lichten Höhen der Freude und des Einklangs eingehen in die Ewigkeit als ganze, volle, reine Menschen? Die Flammen der Liebe und der Begeisterung! Sie haben Genien gezeugt und Ungeheuer. Wir alle, die wir hier sind und waren, wir sind schon hinabgestiegen zur Hölle in der Tiefe unserer Brust, und wohl uns, wenn wir wieder erstanden sind zum freien, heitern Licht; aber mitten im Anschauen des Lichts hüpfen noch oft schwarze, nächtige Schlangen vor unserem Auge – wir können nicht fassen das volle Licht.

Da sitzt ein einfältiger Knecht, und auf ihn hat sich die ganze Schwere des Menschentums gelagert.

Der Himmelsbogen spannt sich so glänzend über die weite, reiche Erde, ihr Saft nährt von Geschlecht zu Geschlecht, und da und dort in allen Winkeln sitzen die Menschen und trauern, und ihre Brust hebt ungestillte Sehnsucht.

Sehen wir, wie es Jakob ergeht.

Er sitzt auf dem Stein vor dem Stalle. Er, der sonst so Ruhelose, kann jetzt oft stundenlang hinsitzen und nichts tun und nichts reden; aber es ist nicht mehr die alte Schwermut, die träg und eintönig seine Seele erfüllte: Alles hüpft in ihm vor Freude, und er sitzt still, wie magnetisch festgebannt, und läßt es in sich walten wie eine stille Musik. Er ist glücklich. Er hat sich selber wieder, indem er ein anderes Herz gefunden, er lebt in sich vergnügt, denn er lebt für ein anderes.

Es ist Samstag abend. Der Sommer ist heiß, das ist ein Jahr, in dem die Schlehen reif werden. Auf dem ganzen Dorfe liegt's wie der heiße Atem eines Ermüdeten. Die Sonne stieg purpurn hinab und schaute noch einmal in die glühroten Angesichter der Menschen; es war, als ob auch sie, müde nach sechs Tagewerken, sich des kommenden Tages freue, da sie allein draußen über Feld und Wald stehen und keine undankbaren Klagen von Menschenstimmen hören solle. Durch die Gassen jauchzen und jubeln die Kinder und sind unbändig. Wenn die Sonne hinabsinkt, verspürt das junge Erdenkind eine wundersame Erregung, als ob es mit fühlte den Schauer, der über die Erde zittert, wenn sie den letzten Sonnenstrahl in sich saugt. Männer und Frauen sitzen vor den Türen und lassen die arbeitsschweren Hände rasten; um so behender aber regen sich die Zungen zu allerlei Gerede, gutem und bösem. Aus den Ställen vernimmt man abgerissenes Brummen der Tiere, das ist ihr Abendgespräch.

Neben Jakob streckt der Rappe den Kopf zum Stallfenster heraus, horcht still hinein in die Nacht und bläst die Nüstern weit auf. Aus dem obern Dorfe herab hört man das Singen der Burschen. Sie gehen noch gemeinsam und lassen noch gemeinsame Worte erschallen, aber bald zerstreuen sie sich, denn es ist heute Samstag abend und an manches Fensterlein wird geklopft, und da findet schon jedes die Worte, die ihm allein taugen.

Still und immer stiller wird es auf den Gassen, die Menschen sind schlafen gegangen. Droben wölbt sich der sternglitzernde Himmel, und still fließt das Mondlicht von der Blechkuppel des Kirchturmes. Drunten aber sitzt ein Mensch und sein Herz pocht einsam, und um ihn wehen Gedanken, die nicht die seinen, sie kommen von fern und weben um ihn, wie der Mond in sein Antlitz strahlt, still erglänzt auf Stirn und Wangen und wieder abgleitet.

Droben funkeln die Sterne, frei hinausgestellt von Gottes Hand, und sie wandeln unhörbar ihre gemessene Bahn. Millionen Augen, längst geschlossen, schauten hier hinauf; Millionen werden aufschauen und keines dringt in den Grund. Die Erde lebt, die Sterne leben, ihre Worte sind glitzernde Strahlen, Lichtboten rauschen durch die Welten. Willst du sie fassen, du lallendes Kind an der Mutterbrust? Willst du verstehen den Blick des Vaters und seine strahlenumwundenen Gedanken? – Laß ab, o Erdenkind, dein Zagen und Bangen; über eine Weile öffnet dir der Tod die Pforten des Wunders.

Jakob seufzt tief auf, er geht in den Stall, gibt den Pferden über Nacht, und jetzt steht er an die Türpfoste gelehnt, er findet keine Ruhe.

Leichtbeschwingter Geist! Flieg auf und wiege dich frei über Berg und Tal, über Wald und Bach, schwimme hin in die Wellen des Mondlichts und schau in die Wipfel der Bäume, wo die Vögel wohlig ruhen, und in den Spiegel des Sees, drin die Sterne sich beschauen. Sei selig und frei!

Oh! wie schwer haftet die Sohle am Boden!

Mitternacht ist nahe, Jakob geht durch das Dorf; wohin? er weiß es selber nicht, nur so viel ist gewiß, daß er sich nach nichts sehnt; er ist nicht mehr er selber, er ist wie aufgelöst in das All.

Der Mond zieht allewege mit, immer voller, immer tiefer. Wie lautlos ringsum, wie eine Pause in dem endlosen Rauschen der Weltakkorde, drin das Herz aufatmet und sich sammelt. Träume steigen unhörbar aus und ein über den Hütten. Dort stöhnt eine Brust von Qual, und dort lächelt ein Antlitz von Wonne. Bald stöhnt deine Brust, bald lächelt dein Antlitz nicht mehr – es kommt der ewige Schlaf.

Jakob ging immer weiter und weiter. Er schaute sich nicht um, er gedachte der Nächte, die er im Kerker verbracht, in denen er eingesargt, abgestorben war in der großen weiten Welt; er streckte die Arme weit aus, als wollte er tasten, ob nirgend eine Wand wäre; er wandelte jetzt frei umher, und doch zog es ihn fast willenlos fort. Als fühle er's, daß er jetzt am letzten Hause sei, schaute er auf. Oben zur Dachkammer in des Hennenfangerles Haus grinste ein teuflisches Angesicht in die Nacht hinein. War das nicht Frieder? Jakob eilte, wie von Dämonen gegeißelt, weiter.

Dort an dem Weiher steht die einsame Pappel, ihr Stamm ist gebeugt, als wollte sie sich niederlegen zur Erde. Welch seltsame Zeichen dort im Schatten? Wird ein Geist heraustreten und alle Lohe des Herzens löschen oder hellauf lodern machen? Wo seid ihr, wundersame Gestalten, die ihr den nächtlichen Reigen tanzet?

Weiter schreitet Jakob durch die Wiesen ins Feld. Der Sturm hat das Korn niedergetreten, und es dorrt demütig, geduldig, bis der Herr der Erde, der Mensch, die Sichel anlegt und es einheimst.

Ein rötlicher Schimmer liegt auf den Kornhalmen, gleich als funkelten die eingezogenen Sonnenstrahlen fort und fort. Wie nächtig ragen die dunkeln Bäume hinein in den blaugeschliffenen, glitzernden Kristall des Himmels. Die Wolken, vom Monde durchströmt, ruhen angeglüht zwischen Sonnenaufgang und Niedergang. Wo ist die Nacht?... Dort im dunkeln Walde, dort hat sie sich niedergesenkt und ruht.

Wie schlüpfen die Mondstrahlen durch das Gezweige und ruhen auf den Blättern und gleiten hinab auf den Boden und schlummern auf weichem Moose. Tief unten aber gräbt der Baum seine Wurzeln hinab und saugt den Saft und schickt ihn hinauf in die Blätter, drauf die Strahlen ruhen, daß sie miteinander kosen in lautloser Verschwiegenheit, was im Dunkeln geschlummert und was im Lichte herniederstieg; und jedes Blatt ist ein Hochzeitsbette.

Jakob legte sich unter die Buche an der Halde. Er will die Augen schließen, und es ist ihm, als läge er tief unten im Meeresgrunde und über ihm rauschten die Wellen und schwammen Geschöpfe ohne Zahl.

Welch ein Klingen in den Lüften, Himmel und Erde liegen in stiller Umarmung; welch flüsternde Lebensstille im Äther. – Eine Blume verwelkt, eine andere springt auf, ein Mensch ist geboren, ein Mensch ist vergangen.

Jakob richtet sich auf, rückt rasch seine Mütze zurecht: er gedenkt, den Kopf wieder auf die Hand niedergesenkt, wie einsam er ist. Er will fort; was zögert er? Die Augen gehen auf und zu, die Arme heben sich und sinken nieder...

Am Fenster Magdalenens pocht es leise.

»Wer ist da?«

»St! Jakob.«

»Um Gottes willen, was willst du?«

Er antwortete nicht und stieg durch das geöffnete Fenster, er hatte die Mütze tief in die Stirn gedrückt; er gab Magdalene keinen Kuß und schlich leise durch die Kammer die Treppe hinab. Nach geraumer Weile kam er wieder und verließ lautlos die Kammer auf dem Wege, wo er gekommen war.

Magdalene schaute hinaus in die Nacht. Ein Wimmern und Wehklagen zog durch die Luft und nach einer Weile schlich eine schwarze Katze oder ein Marder über die Dachfirste am Hause gegenüber...

Die Lerche hatte schon längst den ersten Sonnenstrahl gegrüßt und sich ihm entgegengeschwungen, die Vögel jubilierten schon lange in den Zweigen, die Käfer summten, die Bienen und Schmetterlinge flogen umher – endlich erwachte Jakob. Er rieb sich verwundert die Augen, er konnte sich nicht entsinnen, wo er war, wie er daher gekommen. Nach und nach wurde es ihm klar, und sein Auge glänzte so hell wie die Tautropfen auf Blatt und Halm. Jeder Nerv in ihm spannte sich in Frohmut, etwas von der allbelebenden, geheimnisvollen Kraft der Mutter Erde durchströmte ihn. Er war wie neugeboren und sprang mutig hinein in den jungen Tag.

Wenn man nach einer solchen Nacht und einem solchen Morgen nur etwas Außerordentliches vollbringen könnte, eine Tat für die Ewigkeit. Wie klein und zerstückelt ist da all das gewöhnliche Tun und Treiben!

Jakob eilte mit Herzklopfen nach Hause, er wußte nicht, welche Stunde am Tag es war. Erst als er sich dem Dorfe näherte und die Ziffer an der Turmuhr erkennen konnte, ging er langsam, still und fromm.

Am ersten Hause des Dorfs schreckte er zusammen.

»Guten Morgen, Jakob, woher schon so früh?« rief eine gellende Stimme, es war die des Hennenfangerle, das zum Fenster herausschaute. Jakob antwortete nicht und ging rasch. Die Hexe hatte ihn zuerst gegrüßt, das gab einen bösen Tag.

Zu Hause traf Jakob große Verwirrung. Ein Fuhrmann wartete schon seit einer Stunde auf Vorspann; der Adlerwirt, aus seinem Schlafe gestört, schalt mit allem Nachdrucke. Der Rappe hatte sich über Nacht im Stalle losgerissen und hatte den Braunen geschlagen, neben dem er sonst friedlich an der Deichsel ging, hatte den Futterkasten zertrümmert und allerlei Untereinander angerichtet.

Das war ein schöner Morgen nach einer solchen Nacht.

Eben als Jakob vorspannen wollte, kamen der Schultheiß und der Schütz und verhafteten ihn. Dem Bäck wären heut nacht achtzig Gulden aus dem Eckschrank gestohlen worden. Der Nachtwächter hatte jemand zu Magdalene hineinsteigen sehen, das Bett Jakobs war unberührt – er war der Dieb.

Anfangs lachte Jakob aus vollem Halse. Man hatte ihn noch nie lachen gehört, und das klang jetzt wie der teuflischste Spott. Bald aber lachte er nicht mehr, sondern schlug mit Riesenkraft um sich, als man ihn packen wollte; er hatte die Kraft eines Rasenden. Er faßte den Schütz und den herbeigekommenen Kilian am Halstuch und würgte sie, daß sie kirschbraun aussahen; er hätte sie erdrosselt, wenn nicht neue Hülfe gekommen wäre. Nur mit Mühe gelang es fünf Mann, ihn niederzuwerfen und zu binden.

Jetzt war er im Stall eingesperrt und gebunden.

Magdalene wußte nichts von alledem. Sie war betrübt aufgestanden und wollte eben die Hühner herauslassen; keines kam hervor, der Marder hatte sie allesamt erwürgt. Sie konnte nicht ins Haus eilen und die Unglücksbotschaft verkünden, denn auch zu ihr kamen der Schultheiß und der Schütz und verhafteten sie. Sie folgte still der Weisung.

Das ganze Dorf war in Alarm, alles schimpfte und fluchte über das fremde Gesindel, das nur ein Ableger einer großen Bande sein sollte; wo etwas fehlte, sollten es die beiden entwendet haben.

Jakob und Magdalene wurden von den herbeigeholten Landjägern zur Stadt geführt. Sie waren zehn Schritte voneinander getrennt. Jedes hatte seinen besondern Begleiter. Drinnen im Dorfe läuteten die Glocken zum ersten Male zur Kirche, sie klangen so hell, als ginge es zum Traualtare – das sind böse Brautführer zur Seite.

Der rechte Mann

Magdalene war bald wieder aus dem Gefängnisse entlassen worden; sie konnte weder für noch gegen Jakob zeugen, sie hatte den Eingestiegenen nicht erkannt; ihre eigne Schuldlosigkeit aber war offenbar. Wie traurig kehrte sie in das Dorf zurück. Der Bäck wollte sie nur noch bis zum »Ziele« behalten, der Pfarrer machte ihr herbe Vorwürfe und sagte: er müsse die Sache an den Verein berichten, dessen Stelle er hier vertrete.

Arm und verlassen war Magdalene und doch fand sie einen Trost darin, Jakob ihr Sparkassenbüchlein gegeben zu haben; man mußte das bei ihm gefunden haben, und sie glaubte, er würde eher frei, wenn er das Entwendete damit zurückerstatte. Sie sagte das dem Bäck und bat ihn, ein gutes Wort einzulegen, der aber bedeutete sie:

»Die Sache hat ihren Lauf, da ist nichts mehr zu machen. Du bist jedenfalls um dein Geld, das fressen die Prozeßkosten. Geschieht dir recht.«

Eine Hoffnung erhob Magdalenen wieder. Bärbele, die Adlerwirtin, versprach ihr, sie in Dienst zu nehmen. Nun hatte sie doch wieder einen »Unterschlupf« für den Winter, aber sie mußte im Dorf bleiben, und wie gern wäre sie fort.

Die ihr euer Leben lang behütet und umschirmt im Familienkreise aufgewachsen, denen eine liebende Hand alles versorgte und schmückte, vom ersten Kinderhemdchen an bis zur hochschwellenden, erwartungsreichen Aussteuer, die ihr nie allein und frierend draußen gestanden in der weiten Welt und nirgend ein Herz, das bangend und verlangend nach euch ausschaut – ihr könnt es kaum ermessen, was sich in der Seele eines Mädchens auftut, dem seit dem ersten Gedanken zugerufen ward. Dein Schicksal ist in deine Hand gegeben, du gehörst und hast niemand, du bist allein; alle Liebe und allen Lebensunterhalt mußt du erobern, du kannst jede Minute ausgestoßen werden und bist fremd; kein unauflösliches Familienband umschlingt dich über alle Irrungen und Wechsel des Lebens hinweg.

So ohne Anhang und ohne Abhängigkeit zu leben ist wohl auch eine Freiheit, aber dem jugendlichen Herzen, zumal dem eines Mädchens, tut es wohl zu gehorchen, einem fremden Willen die Verantwortlichkeit für die Lebenswendungen anheimzustellen. Darum hatte Magdalene sich von ihrem Vater ausbeuten lassen, darum gehorchte sie dann so freudig der Fürsorge Heisters und wollte sie Jakob dienen, seine Schwermut und seine Launen ertragen als eine demütige Magd; hatte sie doch einen lieben Menschen, der ihr und dem sie angehörte.

Jetzt war sie wieder ganz allein. Sie wendete sich zum Vater aller Menschen, sie wollte mit aller Macht seine Hand fassen, er sollte sie führen, sie wollte ein Zeichen, einen bestimmten Befehl, was sie tun solle; sie hatte ja rechtschaffen gelebt. Sollte sie alle Gedanken von Jakob ablösen? Sie konnte nicht. Die sie so zerknirscht in der Kirche liegen sahen, hatten Mitleid mit ihrer Reumütigkeit; aber niemand half ihr, selbst der Pfarrer nicht, der ihr zürnte, weil sie ihre Unschuld beteuerte.

Magdalene ging abgeharmt umher; sie hoffte bald durch den Tod erlöst zu werden.

Der Herbstwind spielte mit den abfallenden Blättern und ließ sie erst im Tode fühlen, wie frei es sich wiegt in den Lüften. Im Schicksal Jakobs war noch immer nichts entschieden, nur quälte ihn neben dem Untersuchungsrichter auch noch der Torwart mit seiner zudringlichen Frömmigkeit. Der Gute! wir kennen ihn noch von der Szene im Vorzimmer des Vereins. Er hatte mit Ruhe und einzig durch salbungsvolle Reden sein Ziel erreicht. Die sehr mächtige Partei der Frommen hatte ihm diesen Posten verschafft, und er wirkte in ihrem Geiste, predigte von Entsagung und einziger Hoffnung auf Jenseits und befand sich dabei recht wohl und reichlich genährt von seiner Besoldung hienieden.

Jakob konnte um so leichter seinen Anmahnungen widerstehen, da er sich vollkommen schuldlos fühlte, und doch kam bisweilen auch über ihn das trübe Herbstgefühl von draußen. Er wollte Erquickung in den aufgedrängten Traktätchen suchen, aber diese Blätter waren gleichfalls herbstlich welk und priesen den Winter, den Tod aller Natur, als das einzig wahre Leben.

Eines Mittags ging Magdalene vor das Dorf hinaus nach der Hanfbreche.

Der Nebel hatte sich gesenkt und glitzerte auf Gras und Stoppeln, eine erfrischend feuchte Luft wehte; die wilden Buben hatten da und dort eine Lücke in den Zaun gerissen, um schneller einen vergessenen Apfel vom Baume zu werfen; von allen Seiten hörte man Schellengeläute der weidenden Kühe und Peitschenknallen der Hüter; oben an der Halde stand ein Knabe mit der Peitsche neben einem Feuer und sang lustig in die Welt hinein, von fern her hörte man das Knattern der Hanfbrechen; im Buchwäldle knallte ein Schuß, und angstvoll zwitschernd flog hier aus der Hecke ein Schwarm feiger Spatzen, die doch niemand eines Schusses wert erachtete.

Bunt schwärmte es noch überall draußen, als müßte man sich tummeln, ehe der gestrenge Herr, der Winter, hier seine weiße Decke auflegt und niemand zu Gaste kommen darf als seine Hauspfaffen, die Raben, die jetzt schon in großer Schar dort auf dem Kirschbaume sitzen, still über die Zukunft des Reiches Rat halten und den Krähen in ihrer Lakaienlivree und den leichtfertigen Spatzen ihre Gunst und das Gnadenbrot verheilen. Die klugen und sicheren Raben! Sie lassen sich nicht schrecken, sie wittern die Tragweite eurer Waffen, sie lassen euch nahe herankommen und weichen erst dann ruhig aus, und kaum habt ihr den Rücken gewendet, sind sie wieder da. Die klugen und edelsinnigen Raben! Sie stehlen, was blinkt und gleißt und das Menschenauge erfreut, und tragen es fort in ihre dunkeln Nester; nicht daß sie sich selber dessen erfreuen, sondern nur daß es die Menschen entbehren. Die klugen und freien Raben! Sie kennen nicht Vater- und nicht Muttergefühl.

Das wäre nun so recht ein Tag zu stillen, endlosen Träumereien, Magdalene ist aber nicht dazu aufgelegt; sie dachte nur eine Weile darüber nach, warum man von Rabenvater und Rabenmutter spricht, und schritt dann rasch zur Hanfbreche.

Beim Hanfbrechen hilft immer eine große Anzahl dem, der grade heute an der Reihe ist. Der Hanf wird über dem in den Rain gegrabenen Herd, die Darre, noch schnell gedörrt und dann zwischen der einfachen Walke aus scharfschneidigem Holze zu Werg verarbeitet. Je toller das Geklapper der vielen Brechen ist, um so mehr fühlt man sich ermutigt, seine Stimme laut zu erheben, zu allerlei Gespräch. Da wird denn auch manches Verhältnis und mancher Charakter tüchtig zu Werg verarbeitet, daß die Häcksel davonfliegen.

Magdalene hatte sich mit ihrer Hanfbreche an das äußerste Ende gestellt, und man ließ sie in Ruhe, sie war zu unglücklich für den Spott; auch war des Kilians Lenorle, für die man heute arbeitete, ihre Beschützerin. Bald aber wurde sie aus ihrer Ruhe herausgerissen. Es ist ein altes Herkommen der Hanfbrecherinnen, daß jeder, der des Weges daher kommt, ihnen ein Trinkgeld geben muß. Sie gehen dem Ankommenden entgegen, »fangen ihn im Hanf« und streuen ihm Häckerling vor die Füße, und wenn er nichts geben will, so wünschen sie ihm, daß er nie ruhig im Bette liegen könne, sondern immer Häckerlinge spüre; die anderen kommen dann herbei und überstreuen ihn von allen Seiten mit Häckerling.

Eben sah man einen Mann des Weges kommen, alles lachte, es war Frieder. Magdalene, die zuletzt gekommen war, mußte ihm »streuen«, wie man's nennt, sie wollte nicht; nur als das heftige Schelten aller ausbrach, verstand sie sich dazu. Sie ging Frieder weit entgegen, weiter als Sitte war, und sagte, mit niedergeschlagenen Augen den Häckerling wegwerfend:

»Vater, gebt mir was, daß ich Ruh hab.«

Frieder griff in die Tasche und gab ihr einen ganzen Sechsbätzner. Das war nun ein Hallo, als das Geld kam. Man ließ es auf einen Stein fallen, es klang wirklich echt; alsbald wurde ein Knabe fortgeschickt, um Wein zu holen.

Frieder hatte sich wieder davon gemacht, und Magdalene arbeitete still fort.

War Frieder wirklich ihr Vater? Leider war er's. Jakob hatte recht, da er damals, als er Magdalene neben dem Kleebündel im Felde stehen sah, eine Ähnlichkeit zwischen ihr und Frieder bemerkte. Seitdem Frieder jene Löffel genommen und Magdalene mit ihm gerungen hatte, seitdem hatte sie kein Wort mit ihm gesprochen. Sie hatte ihn zum ersten Male wiedergesehen, als er damals mit Jakob ging; sie war im Tiefsten erschrocken, und wie durch ein geheimes Einverständnis taten nun die beiden, als ob sie sich nicht kennten. Einmal am Brunnen hatte er mit den andern Mädchen gescherzt und redete auch Magdalene an, sie aber antwortete nicht und ging davon.

Um nun das Maß alles Unglücks voll zu machen, war jetzt auch Frieder wieder in das Dorf gekommen; Magdalene hatte mit ihm gesprochen, sie konnte sich ihm nicht mehr entziehen.

Jetzt hatte sie wiederum jemand, der ihr für alle Zeiten angehörte. Magdalene war tief traurig.

Als sie am Abend Reisig hackte hinter dem Hause, kam Frieder freundlich auf sie zu und sagte: »Guten Abend, Magdalene.« Sie stand wie festgebannt, das Küchenbeil ward ihr plötzlich so schwer, daß sie es nicht mehr aufheben konnte. Sie ließ Frieder reden, was er wollte; sie hörte ihn nicht und stierte ihn grausenhaft an. Regungslos stand sie da. Plötzlich fuhr es ihr wie eine wilde Ahnung durch die Seele; sie hob das Beil empor und stand wie ein Racheengel da und rief:

»Gebt das Geld her! Ihr habt es dem Bäck gestohlen.«

Sie riß mit der linken Hand dem Frieder die Mütze vom Kopfe; an dieser hatte sie ihn wieder erkannt, er hatte sie jenen Abend tief in die Stirne gedrückt. Furchtbar drohend stand sie da und ihre Lippen bebten.

Frieder grinste sie höhnisch an und sagte: »Probier's nur, hau zu, hack mir das Beil in den Kopf, da, mach schnell; du bist ja in erster Ehe zur Welt kommen, im Kirchenbuche bin ich ja doch dein Vater nicht.«

Magdalene ließ die Arme sinken. Sie raffte schnell das kleingehackte Reisig zusammen und ging ins Haus. Frieder hob die weggeworfene Mütze auf, ballte sie wie fluchend in der Hand zusammen und ging gleichfalls davon.

Neue Überraschung! Ist der innerste Wunsch Magdalenens Wirklichkeit geworden? Dort kommt der Doktor Heister mit dem Buchmaier das Dorf herab; an ihn hatte Magdalene just gedacht, er konnte all die Wirrnis lösen, und – jetzt floh sie vor seinem Anblicke in das Haus und stand in der Küche und hatte keinen Atem, das Feuer anzublasen; die Tränen brannten in ihren Augen und wollten sich doch nicht lösen. Sie stand da und hielt sich die Stirn, alles war ihr wie ein Traum: daß sie mit ihrem Vater gesprochen, daß Heister da war. – Eines aber stand fest: Frieder hatte sie von neuem ins Unglück gebracht. Das erkannte sie mit innerster Zuversicht. Die Schnalle an der Mütze war ihr schon damals in der Nacht aufgefallen. Für sich selber durfte sie ein fremdes Verbrechen büßen, aber Jakob durfte sie nicht dulden lassen.

Was aber anfangen? – Dort der Vater, hier der Geliebte. Kalter Schauer und fliegende Hitze machten sie erbeben. Sie blies so heftig in das Feuer, daß sie das wilde Löckchen versengte.

Nach dem Abendessen machte sie sich eine Ausrede und ging in den »Adler« in die Küche. Sie mußte Gewißheit haben, ob Heister hier sei; sie traute sich nicht recht. Sie schaute durch das Schiebfensterchen in die Stube und – neues Wunder! Sie sah den Regierungsrat, den freundlich stolzen Mann, der früher so oft bei Heisters gewesen war. Bärbele, die Adlerwirtin, bestätigte aber auch, daß Heister da sei und soeben Pfannkuchen bestellt habe. Magdalene freute sich angeben zu können, daß er sie gern recht dünn und »rösch« gebacken esse; sie half schnell mit und rührte den Teig noch recht tüchtig durcheinander, damit das Gebäck auch »luck« sei, und sie ließ nicht nach, bis man noch zwei Eier dazu tat. Als endlich aufgetragen wurde, sagte sie Bärbele, es solle »dem Herrn« berichten, daß sie da sei und notwendig mit ihm zu reden habe. Kaum hatte sie dies vorgebracht, wollte sie es widerrufen, es war aber zu spät; Bärbele stand bereits unter der offenen Tür, durch welche jetzt der Regierungsrat in die Küche kam und um ein Reisig bat, seine Pfeife auszuräumen, obgleich das eigens hierzu dienende Instrument, die sogenannte Amtspflege, drinnen in der Stube stand. Er stutzte, als er Magdalene sah, und sie am Kinne fassend sagte er:

»Du siehst ja recht übel aus. Nicht wahr, in der Stadt ist's doch besser?«

Magdalene wollte vor Furcht und Scheu in den Boden sinken, aber Arbeit hilft aus allen Verlegenheiten. Sie nahm schnell der Magd die Gabel ab und wendete den Pfannkuchen in dem brodelnden Schmalze, indem sie dabei sagte:

»Man muß sich an alles gewöhnen, Herr Oberamtsrichter.«

Der Regierungsrat, dessen Beförderung noch nicht bis zu Magdalene bekannt geworden war, entfernte sich bald und sagte noch zum Abschiede:

»Ich will dem Doktor Heister sagen, daß du da bist, ich will ihn herausschicken; oder willst du hereinkommen?«

»Ach nein, nein.«

Das machte sich nun allerdings gut, denn Bärbele hatte den Mut nicht, den Auftrag auszurichten; auch fand sie es unschicklich.

Nun aber ward es Magdalene plötzlich höllenangst. Sie hatte sich so sehr darauf gefreut, den edlen Mann wieder zu sehen, Trost und Hülfe bei ihm zu suchen, und jetzt ergriff sie namenlose Furcht. Sie eilte rasch aus der Küche fort, die Treppe hinab und nach Hause. Sie hätte allerdings auch vergebens gewartet; denn drinnen in dem Verschlägle – der Honoratiorenstube, die durch eine Bretterwand von der großen Wirtsstube getrennt war – sagte der Regierungsrat:

»Ich habe soeben die lustige Magd gesehen, die vor einigen Jahren bei dir diente. Es ist jämmerlich, wie sie aussieht. Draußen in der Küche steht sie. Sie hat ihrem Herzallerliebsten, dem schmucken Postillon, zu einem Diebstahle verholfen. Es gibt allerlei Konnexionen in der Welt. Erinnerst du dich noch des Burschen? Der wollte, daß kein anderer Sträfling außer ihm ins Dorf komme, der traute den wilden Katzen nicht. Unser Land wäre aber zu klein, wenn man jeden wilden Schößling in ein besonderes Terrain versetzen wollte; wir müßten die Prairien von Südamerika haben.«

»Das wäre nicht nötig«, erwiderte Heister. »Bis auf die Verbrecher erstreckt sich das Übel, das aus der Zerstückelung Deutschlands kommt. In einem großen einheitlichen Lande ist es einem Menschen, der einen Fehltritt begangen hat, leichter möglich, fern von dem Schauplatze seines Falles und doch innerhalb des Vaterlandes, bewacht und doch ungekannt ein neues Leben zu beginnen.«

»Deliziös!« rief der Regierungsrat, »du kannst Aufsehen damit machen, du kannst ein Patent darauf lösen, diesen teleologischen Beweis von dem notwendigen Dasein der deutschen Einheit gefunden zu haben.«

Eine längere Pause trat ein. Man merkte es, die beiden Freunde – so nannten sie sich noch immer – waren verstimmt, sich hier gefunden zu haben. Sie verhehlten einander den Zweck ihrer Reise, und doch wußte jeder den des andern.

»Meine Herbstfahrt liefert mir prächtige Ausbeute«, begann der Regierungsrat wieder. »Ich habe ganz magnifique Cabinetsstücke aus der Rokokozeit gefunden und für einen Spottpreis gekauft. Ich kann jetzt noch ein viertes Zimmer nach dem Geschmack der Renaissance möblieren.«

Heister lächelte innerlich über die Verschlagenheit seines Freundes, aber er fühlte heute auch die Lust, diplomatisch mit ihm zu spielen wie die Katze mit der Maus. Er fühlte sich so sicher in seiner wirklichen Sendung und schob eine andere in den Vordergrund, indem er vorgab, als Ausschußmitglied des Vereins für entlassene Sträflinge die Gegend zu bereisen, um nach den Pflegebefohlenen zu sehen. So spielten die beiden Freunde Versteckens miteinander, daß der Buchmaier, der dabei saß, verwundert drein sah.

»Ah«, nahm der Regierungsrat wieder das Wort, »bald hätte ich vergessen, dir zu gratulieren, Herr Direktor; du bist ja in das Direktorium der Eisenbahn gewählt worden. Da sieht man eben doch, wo ihr Liberale hinauswollt. Darum habt ihr's dahin gebracht, daß die Eisenbahn nicht Staatseigentum wird, damit ihr auch Ämter zu vergeben habt und auch Titel. Nicht wahr, so ein Titel schmeckt doch gut?«

»Allerdings«, erwiderte Heister, zwar lächelnd, aber doch etwas gereizt, »Wir haben es auf den Ruin der Titel abgesehen; der Nimbus fällt. Und dann: Euer allmächtiger Staat soll nicht noch neue Macht aufhäufen, um wieder von oben bis herunter durch Ämtchen und Versorgungen einen ganzen Troß kirre zu machen.«

»Da sieht man wieder euch Kurzsichtige, die ihr euch Liberale nennt«, entgegnete der Regierungsrat. »Mag der Staat nicht so sein, wie er sollte – was ich gern in manchen Beziehungen zugebe – so verkennt ihr doch alle Prinzipien des Staatslebens, wenn ihr darauf ausgeht, die Staatsmacht zu schmälern und zu spalten. Bekommt ihr einmal einen Staat, wie ihr ihn wollt, so habt ihr mit diesen Grundsätzen ein hölzernes Schwert, das nicht hauen und nicht stechen kann. Man kann freisinniger sein als ihr, wenn man auch nicht mit euch übereinstimmt, ja man muß das; die Staatsmacht ist das Höchste.«

»Sagen Sie Beamtenmacht«, schaltete der Buchmaier halblaut ein. Der Regierungsrat schien sich auf keine weiteren Erörterungen einlassen zu wollen; er stand wie unabsichtlich auf und machte wieder seinen Rundgang durch die große Wirtsstube und die Küche.

Heister und der Buchmaier saßen mißvergnügt beieinander, und der letztere sagte:

»Der Regierungsrat ist auch kommen, um sich von unseren Bezirk zum Landstand wählen zu lassen.«

»Weiß wohl«, entgegnete Heister, »aber weil er vor mir hinteren Berg hält, sag ich auch nichts.«

»Der Oberamtmann hat auch schon viel Stimmen für den Regierungsrat im Sack«, berichtete der Buchmaier; »es sind diesmal zu viel Schultheißen Wahlmänner geworden. Der Oberamtmann hat die Schultheißen immer in der Hand, die laufen ihm nicht davon; er kann sie schon drücken, wenn er will. Und dann heißt es auch, wir bekommen eine Seitenbahn, wenn wir den Regierungsrat wählen.

»Larifari.«

»Er scheint gar nicht dumm«, bemerkte der Buchmaier wieder; »was er da vorhin gesagt hat, ist doch gar nicht so uneben, wenn ich auch wohl weiß, zu welchem Loch er naus will.«

»Zu welchem Loch? Durch das leere Knopfloch zu einem neuen Orden«, ergänzte Heister lachend. »Das arme Knopfloch! sperrt das Maul auf und ist so hungrig, und es will doch nichts hereinfliegen. Ein Bändelesfutter wär ihm zu gunnen.«

Dieser Ton schlug beim Buchmaier an, er lächelte vergnügt, und Heister fuhr fort:

»Laßt euch doch von ein paar feingedrehten Redensarten nicht am Narrenseil herumführen. Der Mann hat seinen hochroten Orden aus dem Knopfloch und die hochroten Redensarten aus dem Munde getan und tut ganz schlicht gegen euch. Ihr habt's ja selber gesagt: Er spricht von Staatsmacht und meint Beamtenmacht. Wir wollen auch, daß der Staat stark sei; aber er soll's nur dadurch sein, daß er die Aufsicht über die Macht führt, die in Händen der Bürger liegt.«

Heister setzte nun noch weitläufig auseinander, welche Kraft einem gegliederten Staate innewohne, der aus selbständigen Genossenschaften und Vereinen erwachse.

Wir sehen, welche Bewegungen im Dorfe vorgehen. Wer wird mitten in den Wahlkämpfen noch des unglücklichen Mädchens und des eingekerkerten Knechtes gedenken? Und doch – so wunderbar verschlingen sich die Fäden des Lebens – sollte dadurch die traurige Geschichte ihr Ende finden.

Der Regierungsrat kam plötzlich wieder in die Herrenstube und sagte: »Da draußen geht's wild her. Der Stellenjäger, der Frieder, führt das große Wort. Ich müßte alle kriminalistische Witterung verloren haben, wenn der nicht frisch gestohlenes Gut in der Tasche hat.«

Die drei waren still und horchten hin, wie Frieder draußen rief: »Adlerwirt, bring mir einen Überrheiner, der Wein da schmeckt ja nach nichts, der schmeckt just, wie wenn man die Zung zum Fenster naus streckt.«

Als der bessere Schoppen kam und schnell auf einen Zug geleert ward, rief Frieder abermals: »Adlerwirt, hast kein'n Hund da?«

»Warum?« fragte Konrad.

»Narr«, schrie Frieder, hell auflachend: »Ich hab so viel Kronentaler, ich möcht sie gerad einem Hund zu fressen geben. Mehlwürmer! Mehlwürmer!« kreischte er taumelnd: »Ich hab sie dem Bäck aus der Nas zogen.«

Er schlug das Glas auf den Tisch, daß ihm die Scherben in die Hand schnitten, er stampfte gewaltig auf den Boden, fuhr sich mit beiden Händen in die Haare und zerrte sich zähneknirschend und schrie, obgleich ihn niemand fassen wollte: »Weg da, weg da! Rühr mich keiner an, oder ich schneid ihm die Gurgel ab. Himmel heilig, weg! drei Schritt vom Leib sag ich!«

Er starrte stier drein, dann ließ er die Hände fallen, der Kopf sank immer tiefer, er legte ihn auf den Tisch, als wollte er einschlafen;

seine Schultern schüttelte er noch immer abwehrend, als fasse ihn jemand.

Der Buchmaier, der Regierungsrat und Heister waren in die große Wirtsstube getreten. Heister wurde schnell alles klar. Er kannte Frieder als den Vater Magdalenens. Niemand als dieser hatte das Geld gestohlen.

In seinem Rausche wurde Frieder fortgebracht. Er hatte sich nur gegen die Angreifer in seinen Gedanken gewehrt; gegen die wirklichen war er ganz willig, so weit in seinem Zustande von Willen die Rede sein konnte.

Andern Tages wurde Frieder nach der Stadt geführt. Er verlangte vorher noch einmal zu Magdalene gebracht zu werden, er habe ihr vieles zu sagen. Magdalene hörte und sah ihn aber nicht, sie lag in Fieberphantasien und rief nur bisweilen aus dem Traume:

»Das Beil weg, das Beil weg... Hauet dem Marder in den Kopf... der Rab hat die Löffel...«

Heister stand mit Tränen in den Augen an ihrem Lager. Frieder bekannte ihm auch sein früheres Verbrechen und daß Magdalene vollkommen schuldlos.

Jakob wurde nun frei, Frieder kam an seine Stelle.

Wie ein siegreicher Held wurde Jakob im Dorfe empfangen. Alles drängte sich zu ihm heran, alles faßte seine Hand; man nannte ihn einen braven, wackern Menschen und war überaus liebreich. Man lobte ihn fast noch mehr, als man berechtigt war, denn niemand kannte genau die Tiefe seines Wesens; aber jedes hatte ihm etwas abzubitten und kam ihm nun mit doppelter Liebe entgegen.

Heister nahm sich Jakobs an wie ein Bruder, und dieser sah jetzt selber ein, wie recht Magdalene gehabt hatte da sie immer behauptete: Es gibt eine Einigung des Menschen über die Familie hinaus – die freie, rein menschliche Liebe.

Magdalene erkannte Jakob und Heister nur einmal einen Augenblick, dann verfiel sie wieder in ihre Fieberphantasien und träumte vom Marder mit der Mütze, vom Kopfspalten und vom Beil.

In der ganzen Gegend gewann es Heister alle Herzen, daß er die Unschuld so ans Tageslicht gebracht hatte. Er war allen bereits als freigesinnter Mann bekannt, jetzt war er ihnen durch sein menschenfreundliches Wesen in den beschränkteren Lebensverhältnissen näher getreten. Die politische Freisinnigkeit zeigte sich allen in ihrem ursprünglichen Kern: der Humanität. Die Sage verbreitete noch zum Überflusse, daß Heister hauptsächlich zur Befreiung der Unschuldigen in das Dorf gekommen sei, da er das Rechte schon lang geahnt habe. Mit großer Stimmenmehrheit wurde Heister zum Abgeordneten gewählt, und er vertritt die Rechte des Volkes mit nachdrücklichem Freimute.

Und Frieder? Wir müssen zu ihm ins Gefängnis dringen, werden aber wenig erkunden; er, der Feind alles Schweigens, regt jetzt kaum die Lippen zu einem Worte. Es muß noch ein schweres Verbrechen auf ihm lasten, denn bisweilen knirscht er doch vor sich hin:

»Pfui, alter Schindersknecht, hast dir selber den Strick um den Hals dreht; hast's gelernt, tu's recht. Weinheber, pfui!«

Am zweiten Tage nach der Einkerkerung Frieders fuhr in aller Frühe ein zweirädriger Karren, dran ein mageres Pferd gespannt war, durch das Tal der Universitätsstadt zu. Auf dem Karren lag eine lange Kiste, und drinnen war die Leiche Frieders. Er hatte sich im Gefängnis erhängt. Schwere, geheimnisvolle Verbrechen hat er mit hinübergenommen.

Bald hoch in den Lüften, bald nahe geleiteten Raben den Karren. Ihr Krächzen war der einzige Klagelaut, den man vernahm. Das Fuhrwerk ging ihnen zu träge, und sie flogen voraus und setzten sich auf einen hervorragenden Tannenast, ließen das Gefährt einen Vorsprung gewinnen und folgten dann immer mit Krächzen wieder nach. Oder waren es Kameraden, die sie anrufen mußten und die ablösten? Der Fuhrmann wenigstens glaubte steif und fest, es wären dieselben, die ihm bis zum Tore der Stadt folgten.

Frieder hatte geheimnisvolle Verbrechen mit sich erdrosselt. Die Gelehrten durchforschten jede Ader seines Körpers, das Geheimnis seines Lebens fanden sie aber nirgends.

Ein freundlicher Genius hatte Magdalene in Fieberphantasien versenkt; sie verschlief Leid und Freud der letzten Tage. Als sie nach mehreren Wochen genas, nahm Heister sie wieder zu sich in die Stadt. Sie ward wieder das selige, frohe Kind von ehedem und lebt in der Meinung: Frieder sei eines natürlichen Todes gestorben.

Magdalene hatte keine Ruhe, bis Heister Jakob eröffnete, in welcher Beziehung sie zu Frieder gestanden. Er zuckte schmerzlich zusammen über dieses letzte grausame Geschick, überwand es aber mit seltenem Gleichmute, zu dessen Gewinnung ihm noch eine neue Überraschung verhalf.

Als Frau Heister in die Küche trat, erkannte er augenblicklich in ihr jene junge Frau wieder, die er an jenem Schicksalsabende mit seinen Stücklein so erfreut hatte; sie war ihm im Gedächtnis geblieben, Heister hatte er nicht erkannt.

Ein freundliches Erinnerungsband wurde nach gegenseitiger Mitteilung dadurch wieder fester geknüpft.

Das Idyll an der Eisenbahn

Wie klein und eng ist oft das Endziel nach großer und weiter Lebensbahn voll harter Kämpfe. So im hochfliegenden, dem Allgemeinen zugewendeten Streben, so im niedern, beschränkten Dasein. Und am Ende – zwei Schritt Erde, ein vergessener Hügel, der bald wieder der Fläche gleich wird.

Wie friedlich müßten die Menschen sich Raum gönnen, wenn sie des Endes gedächten.

Das aber ist der Segen, den wir aus dem Irren und Drängen ins Weite empfangen, daß wir im winzigsten Raume die Unendlichkeit erfassen lernen; über der engsten Spanne Erde wölbt sich das Himmelszelt, und im kleinsten Tun stehen wir mitten inne in der Tätigkeit des Alls. Wir lernen schon hienieden eingehen in das All, in das wir einst aufgehen.

Am Saume des Eichenwaldes, dort wo der Blick über die weite Wiesenebene hinausschweift bis jenseits zu den waldgekrönten Bergen, von denen eine Burgruine niederschaut: dort steht ein kleines Haus, dessen Gebälk noch in frischer hellbrauner Farbe glänzt; es ist mit dem Giebel dem Tale zugekehrt, das Dach ragt weit vor, drei Eichenstämme tragen den Söller mit hölzerner Brüstung, drauf Nelken und Gelbveigelein blühen.

Das ist das Haus eines Bahnwärters, denn hier nebenan ziehen sich die Schienen in kühngeschweiften Bogen durch das Tal. Die nüchterne Gewinnsucht hat es Verschwendung gescholten, daß man diese Häuser so zierlich errichtet, aber der uneigennützige Schönheitssinn hat gesiegt. Diese Häuser sind Musterbilder ländlicher Wohnungen geworden, sie stehen im Einklang mit der Landschaft als Zierde derselben. Schon finden sie hier und da Nachahmung in den Dörfern und drängen sich mitten unter die charakterlosen Wohnungen mit den starren kahlen Wänden ohne Handhabe, die aus der Stadt sich herübersiedelten.

Die Einwohner der schönen Wärterhäuschen scheinen dieselben auch in Ehren zu halten, denn nirgends fehlt ein kleiner Blumengarten mit Blüten aller Art, der dem abseits sich hinziehenden Kartoffelfelde abgekargt wird.

Wenn ihr von der Hauptstadt aus auf der Eisenbahn dahinrollt, an den Feldern vorbei, die sich vor dem schnellen Blicke wie ein Fächer ausbreiten und zusammenlegen; wenn ihr sehet, wie die Pferde auf dem Felde sich bäumen, ungewiß, ob sie jauchzen oder zürnen ihrem Nebenbuhler, dem schnaubenden Dampfroß; wenn ihr sehet, wie der Ackersmann eine Weile die Hacke ruhen läßt, euch nachschaut und dann wieder emsig die Scholle wendet, die ihn festhält; wenn ihr dann immer rascher dahinbrauset und das Dampfroß schrillend jauchzt, dann wendet schnell einen Blick nach jenem Wärterhäuschen am Saume des Waldes. Dort steht ein Mann kerzengrade und hält die zusammengewickelte Fahne; unter dem Hause steht eine Frau und hat ein kleines Kind auf dem Arm, das die Hände hinausstreckt ins Weite. Grüßt sie! Es ist Jakob und Magdalene, die ihren erstgeborenen Sohn, den Paten Heisters, auf dem Arm trägt.

Wenn dann die rollenden Wagen vorbeigesaust sind und man hört sie nur noch in der Ferne, die hastig keuchende Welt ist dahin und endlich Stille ringsum, da steckt Jakob die Fahne auf den Pfosten, grüßt sein Weib und lacht mit dem Kinde und arbeitet dann fleißig auf dem Felde.

Das selig stille Glück stirbt nicht aus, es siedelt sich hart neben den unbeugsam eisernen Gleisen der neuen Zeit an.

Über tredition

Eigenes Buch veröffentlichen

tredition wurde 2006 in Hamburg gegründet und hat seither mehrere tausend Buchtitel veröffentlicht. Autoren veröffentlichen in wenigen leichten Schritten gedruckte Bücher, e-Books und audio-Books. tredition hat das Ziel, die beste und fairste Veröffentlichungsmöglichkeit für Autoren zu bieten.

tredition wurde mit der Erkenntnis gegründet, dass nur etwa jedes 200. bei Verlagen eingereichte Manuskript veröffentlicht wird. Dabei hat jedes Buch seinen Markt, also seine Leser. tredition sorgt dafür, dass für jedes Buch die Leserschaft auch erreicht wird.

Im einzigartigen Literatur-Netzwerk von tredition bieten zahlreiche Literatur-Partner (das sind Lektoren, Übersetzer, Hörbuchsprecher und Illustratoren) ihre Dienstleistung an, um Manuskripte zu verbessern oder die Vielfalt zu erhöhen. Autoren vereinbaren direkt mit den Literatur-Partnern die Konditionen ihrer Zusammenarbeit und partizipieren gemeinsam am Erfolg des Buches.

Das gesamte Verlagsprogramm von tredition ist bei allen stationären Buchhandlungen und Online-Buchhändlern wie z. B. Amazon erhältlich. e-Books stehen bei den führenden Online-Portalen (z. B. iBookstore von Apple oder Kindle von Amazon) zum Verkauf.

Einfach leicht ein Buch veröffentlichen: **www.tredition.de**

Eigene Buchreihe oder eigenen Verlag gründen

Seit 2009 bietet tredition sein Verlagskonzept auch als sogenanntes "White-Label" an. Das bedeutet, dass andere Unternehmen, Institutionen und Personen risikofrei und unkompliziert selbst zum Herausgeber von Büchern und Buchreihen unter eigener Marke werden können. tredition übernimmt dabei das komplette Herstellungs- und Distributionsrisiko.

Zahlreiche Zeitschriften-, Zeitungs- und Buchverlage, Universitäten, Forschungseinrichtungen u.v.m. nutzen diese Dienstleistung von tredition, um unter eigener Marke ohne Risiko Bücher zu verlegen.

Alle Informationen im Internet: **www.tredition.de/fuer-verlage**

tredition wurde mit mehreren Innovationspreisen ausgezeichnet, u. a. mit dem Webfuture Award und dem Innovationspreis der Buch Digitale.

tredition ist Mitglied im Börsenverein des Deutschen Buchhandels.

Dieses Werk elektronisch lesen

Dieses Werk ist Teil der Gutenberg-DE Edition DVD. Diese enthält das komplette Archiv des Projekt Gutenberg-DE. Die DVD ist im Internet erhältlich auf **http://gutenbergshop.abc.de**

Zeitfracht Medien GmbH
Ferdinand-Jühlke-Straße 7
99095 Erfurt, Deutschland
produktsicherheit@kolibri360.de